Belle
Conspiratrice
Suite de la
"Rosée Rouge"
Guignery
M. Le Coultre
E. Bernard & Cie, Paris

Petite Collection E. BERNARD

N° 17

La Belle Conspiratrice

Par Adrien Guignery.

PARIS

E. BERNARD et Cie, IMPRIMEURS-ÉDITEURS

29, Quai des Grands-Augustins, 29

La Belle Conspiratrice.

SUITE DE **LA ROSÉE ROUGE**

I

Depuis le 10 septembre 1627, Richelieu qui avait dépouillé — momentanément — la pourpre cardinalice afin de revêtir l'uniforme et boucler l'armure de général, dirigeait les opérations entreprises contre la Rochelle.

Dans la matinée du 15 septembre, le cardinal qui conférait avec l'habile et courageux Toiras, fut interrompu par un enseigne de ses gardes.

— Qu'y a-t-il, d'Ermonval ?

— M. de Saint-Sorlin est de retour, Eminence.

— Seul ?

— Deux dames l'accompagnent.

Un sourire rapide comme l'éclair illumina la physionomie de Richelieu.

Le cardinal, qui s'était tourné vers les arrivantes et son secrétaire, avait reconnu Marion Delorme et Ninon de Lenclos.

... Cette Marion qui me berne en me promettant ses faveurs... — qu'elle accorde à d'autres — sera peut-être moins intraitable ici qu'à Paris,— pensa-t-il.

— D'Ermonval, vous accompagnerez ces jolies amazones jusqu'à ma résidence.

— Oui, Monseigneur...

L'enseigne s'inclina pour prendre congé.

— ... Attendez donc, que diable !... Tenez, vous me faites jurer...

— Votre Seigneurie en a le droit...

— Comment cela, d'Ermonval ?

— N'êtes-vous pas notre général en chef?... Et depuis quand un homme de guerre n'a-t-il plus le droit de jurer ?

Les paroles de l'enseigne flattèrent Richelieu qui eut le bon esprit de n'en laisser rien voir.

— Vous recommanderez à des Bournais de leur servir des rafraîchissements et une collation, puis...

— ... Puis, Eminence ?

— C'est tout...

D'un geste de sa main droite dans laquelle étaient ses gants, il salua les deux jeunes femmes.

— Saint-Sorlin, restez avec nous. — ordonna-t-il.

Le secrétaire prit congé de ses belles amies et vint se joindre au cardinal et à Toiras.

Marion et Ninon, guidées par le jeune d'Ermonval, se dirigèrent vers la demeure du ministre.

— Comment avez-vous fait pour décider Marion à quitter Paris ? — demanda l'Eminence.

— Je lui ai insinué que le conseiller Pierre Séguier

avait l'intention de réveiller contre elle une certaine lettre de cachet délivrée à l'époque où elle avait voulu épouser secrètement le fils de Mme de Saint-Evremond... Frayeur de Marion... « Que faut-il faire pour échapper à la prison? »... « Vous adresser à Son Eminence » ... « Après ce qui s'est passé entre Elle et moi ? » ...

Toiras — homme d'esprit — prétexta les exigences de ses importantes fonctions pour prendre congé du cardinal... qui en fut ravi.

— Elle a dit cela ?

— Oui, Monseigneur.

— Continuez...

— Si le cardinal me voit, il ne manquera pas de me faire arrêter et jeter en prison... à moins qu'il ne me fasse conduire aux *Madelonnettes* où se lamentent — d'être enfermées — des Madeleines qui ne songent pas à se repentir » ... Je la rassurai de mon mieux...

— Vous avez bien fait...

— « Je dirai à Son Eminence que je veux désormais renoncer à ma vie dissipée... Je lui demanderai de me protéger contre Mme de Saint-Evremond et contre Pierre Séguier » — ajouta-t-elle les yeux pleins de larmes.

— Larmes arrachées par le repentir... ou par la frayeur ?

— Mettons que ce soit par la reconnaissance qu'elle devra à Votre Eminence.

— Saint-Sorlin, Saint-Sorlin, vous éludez la réponse.

— Bien fin sera l'homme qui — sans faire erreur — pourra découvrir la vraie cause des larmes féminines.

— Vous êtes un habile homme, Saint-Sorlin.

Celui-ci s'inclina.

— Accompagnez-moi jusqu'à ma demeure... Pendant que je confesserai Marion, vous tiendrez compagnie à Ninon de Lenclos... Elle est de vos amies, je crois ?

— Oui, Monseigneur.

— Votre maîtresse ?

— Mon amie... Rien que mon amie, Eminence.

— Et Marion ?

— Je suis son ami... Rien que son ami ; mais le plus dévoué, Monseigneur.

— Ah !...

Richelieu fronça le sourcil.

« J'ai commis une imprudence » — pensa le secrétaire — « Je ne lui ai cependant pas avoué que j'adore — hélas ! sans espoir — celle dont il rêve de faire sa maîtresse. »

II

Dans une des pièces de sa vaste mais simple maison, le cardinal de Richelieu et la belle Marion Delorme se trouvaient en tête-à-tête.

La jeune femme avait presque — mot pour mot — répété les paroles prononcées quelques minutes auparavant par Saint-Sorlin.

— Ton repentir est-il sincère ? — demanda l'Eminence.

— Oui, Monseigneur.

Le cardinal fronça terriblement le sourcil et s'écria :

— Je ne *vous* crois pas, mademoiselle.

Marion courba la tête sous le regard implacable du ministre.

— Monseigneur....

— Quelle confiance puis-je avoir envers une créature qui s'est jouée de moi.

— Je proteste !...

Richelieu avait pâli...

— Souviens-toi, Marion, des engagements qui te lient à mon service ?... En as-tu respecté un seul ?..

— Monseigneur...

— Tu devais te laisser aimer par moi... L'as-tu fait ?

— De grâce !...

— Les cent pistoles que, chaque semaine, mon valet de chambre des Bournais était chargé de te compter, ne t'ont-elles pas été consciencieusement remises ?

— Si Monseigneur.

— Tu devais, en échange, me renseigner sur ce que disaient de moi les écrivains et les gens de cour qu forment ta compagnie. As-tu mis cette promesse à exécution ?

— Non, Monseigneur.

— Pourquoi?

— J'hésite...

— Parle?

— Je n'ose...

— Je le veux!

— Votre Eminence ne me tiendra pas rigueur de la franchise de ma réponse?

— Non!

— Si je n'ai pas répété à Votre Eminence les propos recueillis dans la société où je passe de si agréables heures, cela tient à ce qu'il s'y échange des paroles...

— Courage?

— ... qu'un prêtre ne peut entendre.

— Tu te moques de moi! — s'écria le cardinal. Malheur à toi, Marion, si tu n'es pas plus obéissante à l'avenir... Rappelle-toi bien que je suis impitoyable envers qui résiste à mes ordres... et à mes caprices — ajouta-t-il plus bas.

— J'obéirai désormais, — murmura Marion terrifiée par le sinistre éclair qui jaillit des yeux du ministre.

— J'y compte!... Si tu me trahis en faveur de la duchesse de Chevreuse, ou même de Sa Majesté Anne d'Autriche, je te ferai enfermer jusqu'à la fin de tes jours; à moins que le bourreau ne vienne brusquement trancher le fil de ton existence...

— Je vous servirai fidèlement — balbutia la jeune femme.

— Tu peux, en une seule fois, racheter tes fautes... réparer tes erreurs.

— Que Votre Eminence dispose de moi.

— C'est fait! — déclara froidement Richelieu.

Ninon tressaillit... Cet homme qui l'adorait lui faisait peur.

— Tu as jadis été courtisée par lord Buckingham?

— On ne peut nier que le duc m'ait adressé quelques hommages...

— ... Ainsi qu'à ton inséparable Ninon ?

— C'est auprès d'elle qu'il faudrait vous renseigner, Monseigneur.

Le ministre sonna...

Un garde parut.

— Où est M. de Saint-Sorlin ?

— Il se promène dans la galerie, Monseigneur.

— Seul ?

— En compagnie d'une fort jolie personne, Monseigneur.

— Introduisez cette « fort jolie personne ».

Le garde s'inclina et sortit,

Quelques minutes après, Ninon de Lenclos pénétrait dans le cabinet du ministre.

La pauvrette était émue...

— Ne tremblez pas de la sorte, belle Ninon, — dit gracieusement le cardinal : — je ne croque pas les jolies filles...

— Le respect... L'émotion de me trouver devant Votre Eminence causent mon émoi.

— Prenez place dans le fauteuil voisin de celui où

est assise *notre* belle Marion... et — comme elle — répondez franchement aux questions que je vais vous poser.

— Oui, Monseigneur.

Ninon se laissa tomber dans le fauteuil.

— Avez-vous beaucoup... *beaucoup* — entendez-vous — connu lord Buckingham à l'époque où il vint épouser — pour le compte du roi Charles Ier — la sœur de Sa Majesté Louis XIII ?...

— En quoi les actes de ma vie privée peuvent-ils intéresser Votre Eminence ?

— Vous n'avez pas à vous interroger... mais bien à me répondre franchement — répliqua le cardinal. — Le duc a-t-il été... ou non... votre amant ?

— Oui, Eminence... Le duc a franchi le seuil de mon alcôve.

— Très bien !...

Les deux femmes se regardèrent... surprises.

Richelieu quitta le fauteuil dans lequel il était assis.

— Regardez par cette fenêtre.

Ninon et Marion se levèrent et vinrent se placer derrière les vitres d'une large baie.

— Qu'apercevez-vous devant l'île de Ré ?

— Des navires, Monseigneur.

— De nombreux vaisseaux, Eminence.

— La flotte anglaise commandée par Buckingham ! — s'écria Richelieu — Tant que ces damnés navires croiseront devant l'île et soutiendront La Rochelle du côté de la mer, cette ville demeurera imprenable.

— Vous avez cependant des canons ? — dit résolument Marion.

— Il n'y a qu'à envoyer des boulets dans la carcasse de ses gros navires. — ajouta Ninon.

— Nos batteries sont trop faibles, — murmura Richelieu, — sans cela...

Il poussa un long soupir ; puis releva lentement la tête et regarda les deux amies.

— Ce que mon artillerie ne peut accomplir, vos beaux yeux le réaliseront..

— Nous coulerons des vaisseaux à coups de regards ! — s'écria gaîment Marion.

Quant à Ninon elle riait comme une fillette... Le cardinal ne lui faisait plus peur...

— Buckingham se moque de mes trop faibles batteries ; mais il ne pourra résister à la prière que lui adresseront vos jolies bouches et à la supplication de vos splendides regards — expliqua l'Eminence Rouge.

Monseigneur veut nous dépêcher auprès de lord Buckingham ? — demanda Marion.

— Tu l'as dit, ma belle ambassadrice.

— Vous vous présenterez comme envoyées — par la reine Anne d'Autriche — auprès de la duchesse de Chevreuse réfugiée à Londres... Vous pourrez — je vous y autorise — confier au duc que la reine l'adore... Que Louis XIII la délaisse plus qu'au moment où ils se rencontrèrent... Le duc est trop galant homme pour ne pas vous conduire où vous désirez aller... Une partie de la flotte anglaise s'éloignera...

— Mais elle reviendra... et Buckingham aussi — fit observer Ninon.

Un énigmatique et cruel sourire fut la réponse du cardinal.

III

Dès qu'il fut averti de l'attaque de l'île par la flotte anglaise — c'est-à-dire en juin — Richelieu dirigea toutes les compagnies disponibles sur le théâtre de la guerre, afin de porter secours au comte de Toiras qui avait fait occuper le fortin de La Prée par une centaine d'hommes résolus à se défendre jusqu'à la mort. Le gros de ses troupes s'était enfermé dans la citadelle de Saint-Martin.

Monsieur, frère du roi, avait reçu le commandement provisoire des troupes de secours, Louis XIII devant commander en chef dès son arrivée.

Les gardes, sous le commandement de M. des Essarts étaient logés dans un couvent situé à peu de distance de la ville.

Quant aux mousquetaires, commandés par M. de Tréville, ils avaient établi leur cantonnement dans les auberges et les fermes avoisinant le quartier du roi.

Bassompierre prit ses quartiers au nord de la ville depuis La Leu jusqu'à Dompierre ; le duc d'Angoulême à l'est, depuis Dompierre jusqu'à Périgny, et Schomberg au midi, depuis Périgny jusqu'à Agoutin.

Messieurs de Bassompierre et de Schomberg étaient maréchaux de France.

Le cardinal, pour contre-balancer l'influence huguenote de Bassompierre, avait incité le roi à nommer le duc d'Angoulême lieutenant général.

Les logis du roi étaient — suivant les circonstances — la Jarrie et Etré.

Le cardinal demeurait dans une simple maison sans aucun retranchements, située au Pont de la Pierre, sur les Dunes.

Gaston d'Orléans avait établi son quartier général à Dompierre.

Messieurs Jacques de Fontailles, Hugues de Nangy, Numa de Sarras et César de Morliac, mousquetaires du roi (voir *La Rosée rouge*) rencontraient fréquemment Messieurs de Reix, de Mithiel, de Sainte-Loupinière et de Maclouval, — gardes de Son Eminence, — avec lesquels ils avaient, jadis, croisé le fer derrière le couvent des Carmes déchaussés.

Ces gentilshommes se saluaient courtoisement, n'ayant tous qu'une pensée :

« Chasser l'Anglais hors de France... »

La haine que les mousquetaires professaient à l'égard de Richelieu fut — sinon oubliée — mais du moins délaissée devant l'imminence du péril.

Tous s'inclinaient devant le génie de l'*Homme Rouge* dont la main ferme tenait l'honneur du pays.

Lorsque Marion Delorme et Ninon de Lenclos eurent affirmé au cardinal qu'elles étaient prêtes à seconder ses desseins pour sauver la France et servir le roi, Richelieu demanda :

— Dans combien d'heures serez-vous prêtes à vous rendre à bord du navire de Buckingham ?

— Quand il plaira à Votre Eminence — répondit Marion.

Ninon de Lenclos approuva les paroles prononcées par sa compagne.

— Braves filles ! — s'écria Richelieu qui embrassa Marion et Ninon avec une désinvolture toute soldatesque.

Les amies sourirent en murmurant sur un ton de reproche :

— Monseigneur...

— Eminence...

Un coup discret fut frappé contre la porte.

— Entrez !

Le marquis d'Embuscade et Ignace Chafouin parurent.

Ignace avait laissé croître barbiche et moustaches. Il ressemblait maintenant à un rusé soudard. L'uniforme d'aventurier, une large rapière complétaient la métamorphose du défroqué.

— Allez, mesdemoiselles, — dit Richelieu, — allez retrouver Saint-Sorlin qui vous fera visiter nos cantonnements. Il vous accompagnera ensuite ici où je vous donnerai le souper et le bon gîte... Allez !...

Comme il n'y avait qu'à s'incliner devant cet ordre

déguisé, Marion et Ninon quittèrent le cabinet et rejoignirent Saint-Sorlin qui faisait les cent pas devant la maison.

Quelques officiers aux gardes de Richelieu reconnurent Mesdemoiselles Delorme et de Lenclos. Ils s'empressèrent auprès d'elles...

Une petite cour se forma sur les dunes...

Ninon et Marion en furent les belles souveraines.

Les rires, provoqués par les spirituelles et joyeuses réparties des amies, arrivèrent fréquemment aux oreilles du Cardinal.

« Folles et adorables créatures » — pensa Richelieu qui, de sa fenêtre, voyait le groupe formé par les rieuses, Saint-Sorlin et les officiers...

Il restait absorbé dans sa contemplation...

D'Embuscade et Chafouin attendaient le bon vouloir du Maître.

— Comme elles sont séduisantes, — murmura le cardinal en s'arrachant à la douce vision pour reporter ses regards sur le groupe moins harmonieux formé par ses dévoués sacripants.

— Monseigneur...

— Monseigneur...

dirent ceux-ci en s'inclinant très bas.

— Avez-vous quelque nouvelle importante à me communiquer?

— Aucune, Monseigneur. — répondit d'Embuscade.

— Mais — ainsi que Votre Eminence nous en a

donné l'ordre — nous venons au rapport quotidien, ajouta Ignace.

— Connaissez-vous les deux personnes qui étaient là..., dans ce cabinet, lorsque vous vous présentâtes?

— Marion Delorme ?

— Ninon de Lenclos ?... Oui, monseigneur...

— Je vous charge de veiller à leur sûreté jusqu'au moment où je vous confierai une autre mission.

— Que peuvent-elles avoir à craindre puisque Votre Eminence s'intéresse à leur bonheur ? — demanda d'Embuscade.

Richelieu ne daigna pas répondre tout d'abord à cette insinuation non dénuée de curiosité. Puis se ravisant :

— Lequel d'entre vous parle la langue anglaise ?

— Moi !...

— Moi !...

Le Cardinal dissimula son étonnement et la satisfaction qu'il éprouvait.

— Soyez ici demain au petit jour. J'aurai une mission délicate à vous confier.

— Bien, Monseigneur...

— Votre Eminence nous comble...

— En attendant — ajouta Chafouin — nous « veillerons » sur les belles rieuses... Nous rapporterons leurs propos à Votre Eminence.

L'ancien prêtre avait compris le sens du mot « veiller » tel que le concevait le cardinal.

« Ce diable d'Ignace est un rusé compère » — pensa celui-ci. Je ferai sa fortune... ou l'enverrai à la Bas-

M. LE COULTRE

tille quand il sera trop au courant de ma... politique ».

Les espions quittèrent la maison du Pont de la Pierre et vinrent s'étendre sur l'herbe rare, non loin de Mesdemoiselles Delorme, de Lenclos et de leurs amis.

Ceux-ci raillaient les belles pêcheresses en affirmant que l'amour qu'elles ressentaient pour le Grand Cardinal leur avait incité de venir lui rendre douces les quelques heures dont il pouvait disposer entre minuit et l'Angelus.

— Le Cardinal est un homme de génie. — répliquait Ninon.

— Voilà pourquoi nous ne lui refuserons rien... quand il nous demandera... quelque chose — ajoutait Marion.

— Il ne vous a pas encore parlé de vos charmes ?

— Non ! !

— Ni des siens ?

— Non ! !

— Il faut en conclure que toutes ses facultés sont accaparées par ce maudit siège...

— C'est probable !...

— C'est sûr !...

répliquèrent les belles amies dont les rires railleurs étaient pleins de sous-entendus.

Seul. Marchant fiévreusement dans l'immense salle dont il avait fait son cabinet de travail, celui qui était l'objet de joyeuses suppositions songeait à l'œuvre gigantesque qu'il voulait conduire à bonne fin.

« Le roi Charles Ier n'a envoyé sa flotte devant La

Rochelle qu'à l'instigation de Buckingham... La mort ne me délivrera donc pas de cet homme ? »

La haine contractait le visage de Richelieu...

— Qui me débarrassera de cet *obstacle*? — murmura-t-il en montrant le poing à la flotte d'Angleterre.

Mesdemoiselles Delorme et de Lenclos s'étaient éloignées en compagnie de Saint-Sorlin et de deux officiers dont la présence n'était pas urgente à la maison du Pont de la Pierre.

En septembre la clarté du jour décroît assez sensiblement pour que, dès six heures, les lumières deviennent indispensables à qui veut lire et travailler.

L'heure grise allait sonner, lorsque le garde chargé de veiller devant le cabinet de Richelieu, entr'ouvrit la porte :

— Monseigneur...

— Que voulez-vous, Saint-Yvon?

— Un gentilhomme au sombre visage désire parler à Votre Eminence.

— Où est ce gentilhomme ?

— Dans le vestibule, Monseigneur.

— Faites entrer...

— Monseigneur ?

— Parlez, Saint-Yvon ?

— Si cet inconnu — car il a refusé de me dire son nom — nourrissait de sinistres projets contre la vie de Votre Eminence... Si...

— Je suis armé, — répliqua Richelieu en désignant l'épée qui pendait à son côté, puis les pistolets placés sur sa table de travail... Faites entrer, Saint-Yvon,... Faites entrer.

Le garde obéit...

Richelieu posa son épée sur la table — bien à portée de la main. Il défit le ceinturon et le fourreau qui furent mis sur une chaise.

Des pas retentirent dans l'antichambre. Un homme élancé, maigre, fut introduit par Saint-Yvon.

Le ministre examina l'inconnu dont les yeux, enfoncés dans leur orbite, brillaient étrangement.

Le costume était de drap noir sans le moindre ornement... Une rapière pendait à son côté... Dans la ceinture étaient passés deux pistolets.

— Qui êtes-vous ? — demanda Richelieu.

— C'est à Votre Eminence, seule, que je désire parler.

— Laissez-nous, Saint-Yvon.

Le garde quitta le cabinet de travail.

— Nous voilà seuls, monsieur... Parlez ?

— Interrogez-moi, Eminence.

— Qui êtes-vous ?

— Un gentilhomme anglais.

— Ah !...

— Cela vous étonne, Eminence, de voir un Anglais oser se présenter délibérément chez le plus mortel ennemi de sa nation ?

— Non, monsieur... Rien ne peut m'étonner. Mais veuillez me faire connaître le but de votre visite ?

— Me venger d'un homme qui m'a refusé l'honneur auquel j'avais droit... En même temps, épargner à l'Angleterre l'immense ruine où la conduit la légèreté de cet homme.

Richelieu avança la main droite vers une sonnette placée à côté des pistolets,

— Qu'allez-vous faire ? — demanda brusquement le sujet du roi Charles Ier.

— Sonner... afin de demander des flambeaux, — répondit tranquillement Richelieu.

— Recommandez alors, Eminence, que les volets soient aussitôt poussés.

— La raison, je vous prie ?

— De nos navires on aperçoit — lorsque cette maison est éclairée — les allées et venues de ceux qui l'habitent... Si vous m'en croyez, Monseigneur, ne demandez pas de lumière. Nous voyons suffisamment clair... pour parler.

— Soit !... Je vous écoute ?

— J'ai nom John Felton... Je suis de bonne naissance... Le capitaine de la Compagnie, où je servais en qualité de lieutenant, ayant été tué dans un des engagements de ces jours derniers ; j'avais sollicité sa succession... Buckingham me refusa ce grade auquel ma naissance et mon courage me donnaient droit... La haine au cœur, j'ai abondonné ma commission de lieutenant et j'ai quitté l'armée.

— C'est pour ce motif que vous rêvez de vous venger du duc ?

— Oui, Monseigneur... Pour ce motif, d'abord... Mais aussi parce que les plaintes de la nation anglaise retentissent contre le favori du roi Charles.

Les communes le représentent comme la cause de toutes les souffrances nationales, et comme le grand ennemi public... Joignez ces plaintes au ressentiment qui bouillonne dans une âme sombre et insociable ; — dont mon visage est le reflet, Monseigneur... Joignez-y encore le fanatisme religieux qui brûle dans mon cœur et fait naître en moi l'idée que la mort de Buckingham serait agréable au ciel, et délivrerait mon pays d'un ministre qui le ruine.

— Celui qui accomplirait cette tâche mériterait beaucoup de Dieu et des hommes, — dit lentement le cardinal — Mais monsieur Felton, je ne m'explique pas exactement pourquoi vous êtes venu me faire part de vos « héroïques » projets ?

— Avant de délivrer mon pays de Buckingham, je veux porter un coup terrible à la réputation d'habileté et de courage de ce ministre... C'est vous, Monseigneur, qui m'y aiderez.

— Comment cela ?

— En le chassant de l'île de Ré.

— Continuez ?

— Les troupes qui occupent cette île sont mal disciplinées... Un esprit de mutinerie y règne depuis les plus hauts grades jusqu'au dernier des mercenaires... Le moment est propice pour s'élancer à l'attaque, Monseigneur.

— Les escadres anglaises et leurs gros vaisseaux, semblables à des bastions, investissent l'île de toutes parts. — répliqua Richelieu.

— Demain, au petit jour, Buckingham quittera

l'escadre afin de se rendre en Angleterre pour organiser une seconde armée destinée à faire lever le siège de la Rochelle... Quelques navires accompagneront le vaisseau amiral... Grâce à cette circonstance et au relâchement qui s'en suivra parmi les troupes vous pourrez — si le projet vous sourit, Monseigneur — embarquer vos soldats sur de faibles pinasses, échapper — grâce aux ténèbres — à la surveillance de l'escadre diminuée d'un tiers, et, sans coup férir débarquer dans l'île pour en chasser les occupants...

Richelieu avait écouté sans l'interrompre l'exposé du plan que venait de lui soumettre Felton. Il sentit une joie immense envahir son cœur.

« L'Obstacle allait disparaître »

— Quelle récompense désirez-vous recevoir en échange du renseignement précieux que vous venez de me donner, monsieur Felton ?

— L'hospitalité sur la terre de France et une pension pour y vivre décemment, Monseigneur.

— Vos prétentions sont trop modestes, monsieur Felton. Je ferai davantage pour vous. Mais, dites-moi, quand « débarrasserez-vous » l'Angleterre de Buckingham ?

— L'heure sonnera bientôt, Eminence.

— Comment vivrez-vous jusqu'à ce moment... décisif?

— Modestement... Très modestement, Monseigneur, ne possédant qu'un très modeste patrimoine.

— Dix mille livres vous suffiront-elles pour vivre plus largement jusqu'au jour...

Richelieu n'achève pas, se sachant compris.

— C'est plus d'or qu'il n'en faut, Eminence... Je donnerai généreusement aux malheureux.

Le cardinal ouvrit une armoire et en tira un sac qu'il remit à l'Anglais.

— Que Dieu seconde vos projets, monsieur Felton et vous ramène en France.

— Qu'il me fasse réussir, Monseigneur, et me livre ensuite au bourreau s'il juge ma mort nécessaire.

Richelieu sonna.

Saint-Yvon parût aussitôt.

— Veuillez accompagner ce gentilhomme, — dit l'Eminence.

— Adieu, Monseigneur.

— Au revoir, monsieur, — rectifia le cardinal.

L'Anglais sourit tristement et quitta le cabinet.

Dans le vestibule il croisa Ninon de Lenclos, Marion Delorme et Saint-Sorlin qui revenaient d'une longue et joyeuse promenade sur les dunes.

— Quelle sombre figure...

— Cet homme me fait peur...

murmurent les deux femmes.

Quant à Saint-Sorlin il se contenta de saluer Saint-Yvon... Une sombre figure de plus ou de moins rencontrée dans l'antichambre du ministre n'était pas faite pour l'émouvoir.

Il frappa contre l'huis du cabinet ; puis demanda :

— Votre Eminence peut-elle recevoir Mesdemoiselles de Lenclos et Delorme ?

— Ah ! c'est vous, Saint-Sorlin...

— C'est nous, Monseigneur.

— Passez à la salle où le souper doit être servi, — commanda Richelieu — La promenade a certainement aiguisé l'appétit de ces demoiselles ?...

— Je meurs !...

— Je défaille !...

s'écrièrent les jolies filles.

— Son Eminence est servie — annonça des Bournais qui parût sur le seuil de la salle à manger.

— C'est être servi à souhaits ! — s'écria Marion.

— Saint-Sorlin, vous serez des notres, — ordonna le cardinal.

Le secrétaire s'inclina.

IV

Le lendemain, dès le lever du jour, six vaisseaux anglais escortèrent le navire amiral sur lequel Buckingham avait arboré son pavillon.

Richelieu, embusqué derrière les vitres d'une des fenêtres de sa chambre, assista au départ des sept navires.

« Felton était sincère » — pensa-t-il.

Le maréchal de Schomberg et Louis de Marillac, frère du garde des sceaux, furent convoqués en toute hâte à la maison de la Pierre.

L'Eminence Rouge leur donna des instructions afin que toutes les pinasses disponibles fussent réquisitionnées et mises en état de prendre la mer.

— Ces transports sont prêts depuis plusieurs jours — répondit le maréchal de Schomberg.

— Qui en avait donné l'ordre ?

— Moi, Eminence. Je pensais que d'une minute à l'autre nous recevrions l'ordre d'y embarquer des troupes en vue d'une tentative hardie contre l'île.

Le cardinal tira de son annulaire droit la bague d'or dans laquelle une pierre précieuse était enchâssée.

— Prenez ceci en souvenir de moi, Monsieur le maréchal.

Schomberg s'inclina en recevant le bijou qu'il mit aussitôt à son doigt.

— Et quelle sera la vertu de cet anneau, Eminence ?

— Grâce à sa puissance je m'engage à vous accorder la faveur qu'il vous conviendra de solliciter pour vous ou un de vos amis.

— Je vous rappellerai un jour cette promesse, Monseigneur.

— C'est entendu, Monsieur le maréchal.

Richelieu réfléchit durant quelques secondes :

— Il faut que, discrètement, les meilleures de nos troupes soient rendues cette nuit à bord des pinasses. Puis que de solides rameurs conduisent les embarcations vers l'île de Ré... Comme c'est à vous, messieurs, que je réserve l'honneur de culbuter les Anglais... je vous laisse toute autorité pour choisir parmi les troupes royales les compagnies dont vous désirez le concours... Le roi, MONSIEUR, le maréchal de Bassompierre, et le duc d'Angoulême vont être avisés de mon projet d'attaque et des noms de ceux qui commanderont le corps de débarquement... Allez, messieurs, et que Dieu protège la France.

Après le départ de Schomberg et de Marillac, Richelieu, accompagné de quelques-uns de ses gardes, se rendit à Etré où le roi avait passé la nuit... Il mit Louis XIII au courant de la situation — omettant à dessein de lui parler de Fulton et de Buckingham.

Le souverain approuva les dispositions prises par son ministre. Il les communiqua — comme venant de lui-même — à son frère Gaston d'Orléans, au duc d'Angoulême, à Bassompierre, à Toiras et aux principaux chefs de l'armée convoqués en toute hâte.

Tous envièrent l'honneur du commandement réservé à Schomberg et à Marillac.

Des ordres furent donnés pour que les troupes choisies se préparassent silencieusement à combattre avant le lever du soleil.

Le nombre des sentinelles fut triplé afin d'empêcher les espions et les filles à soldats de pénétrer dans les cantonnements.

Une ardeur belliqueuse envahissait le cœur des « favorisés » qui allaient combattre l'Anglais détesté.

Lorsque Richelieu revint vers le Pont de la Pierre, il rencontra Mesdemoiselles Delorme et de Lenclos qui faisaient une matinale promenade.

Le prélat, souriant aux jolies pécheresses, manifesta son étonnement de les voir déjà hors de leur lit.

— Ne devons-nous pas, Monseigneur exécuter une mission ? — murmura presque Ninon.

Le cardinal se tournant alors vers ses officiers :

— Vous êtes libres, messieurs...

Ceux-ci s'inclinèrent et quittèrent l'Eminence.

D'Embuscade et Chafouin — seuls — continuèrent à « surveiller » à distance.

— Mes belles amies, — dit alors le cardinal, — je vois avec plaisir que vous comptez tenir les engagements que vous prîtes hier envers moi... Je vous en félicite, mais...

— Mais ?

— Mais ?

demandèrent anxieusement Ninon et Marion.

— ... Votre voyage en Angleterre est remis aux calendes...

— Et la grâce promise par Votre Eminence ?...

— Cette absolution subsiste, belle Marion ; mais il ne faudra plus me trahir...

— Ah ! Monseigneur...

— Oui ! je sais parfaitement... Tu es sincère... aujourd'hui. Mais demain ?

— Comme aujourd'hui, Monseigneur.

Dieu le veuille, Marion... Quant à toi, Ninon, à laquelle je n'ai rien à pardonner, dis-moi ce que tu désires du premier Ministre de Louis XIII ?

— Je sollicite une promesse de Votre Eminence.

— Laquelle ?

— Je désire que vous me promettiez d'accueillir favorablement la première requête que je vous présenterai, Monseigneur ?

— C'est entendu !... Mais nous voici arrivés... Déjeunons. Je me trouve en appétit ce matin. — déclara Richelieu.

A la faveur des ténèbres. Grâce à la complicité des nuages qui voilèrent la lune et masquèrent les étoiles, les pinasses surchargées de soldats échappèrent à la vigilance des Anglais.

Un nombre imposant de combattants fut débarqué...

Les attaques soudaines et combinées de Schomberg et Marillac ; l'hésitation, la surprise et la terreur paralysèrent — un instant — les moyens de défense des ennemis...

Cette minute suprême fut habilement mise à profit par les Français...

Du haut des dunes, Mesdemoiselles de Lenclos et Delorme avaient assisté au premier combat de nuit...

Elles admirèrent, frémissantes et charmées par l'imprévu de ce spectacle, le génie de l'Homme

Rouge qui avait réglé les moindres détails de ce terrible et foudroyant fait d'armes.

Elles ne cachèrent pas à Richelieu les sentiments qui avaient envahi leur cerveau.

Celui-ci pensa :

« Heureux à la guerre... Heureux en amour ».

Il rentra dans sa demeure du Pont de La Pierre ; les jeunes femmes y pénètrèrent avec lui...

Par la fenêtre ouverte du cabinet de travail ils virent la flamme éclatante des arquebuses percer de milliers de feux les ténèbres épaisses... Des lueurs d'incendie éclairèrent l'île semblable, désormais, à un immense brûlôt placé sur l'Océan.

Les commandants des navires Anglais n'osant — de crainte de tirer sur leurs compatriotes — faire usage de leurs caronades, essayèrent de débarquer une partie de leurs équipages et de prendre ainsi les Français entre deux feux.

Cette manœuvre échoua, grâce à l'héroïsme des soldats qui se ruèrent sur les Anglais au moment où ils essayèrent d'aborder.

Au matin, brisées de fatigue, Marion et Ninon se décidèrent à se rendre dans leur chambre où elles se couchèrent aussitôt.

Richelieu, dont la résistance physique sembla — en cette occasion — tenir du prodige, ne prit aucun repos. Un va-et-vient ininterrompu d'officiers animait la maison du Pont de La Pierre.

A tous, le cardinal donnait des ordres afin que les

troupes de renfort fussent pourvues du nécessaire pour combattre.

Des ambulances furent organisées puis dirigées sur l'Ile où le sang continuait à couler à flots...

Après une lutte opiniâtre, les Anglais furent contraints de se réfugier sur les vaisseaux et de cingler vers leur pays.

Dès lors, Louis XIII, dont la santé toujours chancelante exigeait un prompt retour à Paris, décida de confier le sort de la campagne aux mains expérimentées de son premier ministre.

Richelieu fut investi du pouvoir le plus étendu ; les généraux et amiraux reçurent l'ordre de lui obéir comme au roi lui-même.

Ninon et son amie sollicitèrent l'autorisation de regagner Paris.

Le cardinal y consentit à regret ; mais il y consentit tout de même en se promettant bien de revoir les voluptueuses filles lorsque « cette maudite ville » aurait ouvert ses portes à l'armée royale.

V

John Felton n'avait pas tout avoué en confiant à Richelieu les griefs qui armaient son bras contre Buckingham...

Certes, l'ancien lieutenant haïssait ce supérieur qui

avait refusé de lui accorder le commandement d'une compagnie...

Il pensait — de bonne foi — rendre service à son pays en le débarrassant d'un ministre détesté de la nation entière...

Mais le véritable motif était la jalousie...

John Felton, simple gentilhomme, osait aimer la femme aux pieds de laquelle George de Villiers, duc de Buckingham, favori du roi Charles Ier d'Angleterre, s'agenouillait chaque soir.

Cette femme était la *Belle Conspiratrice* réfugiée en Angleterre à la suite de l'arrestation de Montaigu, son auxiliaire dévoué

Buckingham fit un accueil empressé à la fugitive qui allait lui parler de sa reine adorée... Chaque jour, il passait de délicieux instants à questionner la duchesse sur ce qu'Anne d'Autriche pensait de lui.

Marie de Chevreuse se prêtait de bonne grâce au rôle que le duc lui faisait jouer... Elle s'y prêta même de si bonne grâce que le ministre du roi Charles sentait se réveiller la passion qu'il ressentit autrefois pour la duchesse... Les deux amants parlèrent moins d'Anne d'Autriche — leurs longues caresses et de divines extases accaparèrent les instants consacrés primitivement aux causeries.

Le duc et Mme de Chevreuse se rencontraient dans une maison située à une courte distance du palais occupé par le ministre... Cette intrigue était restée ignorée de tous... jusqu'au jour où Felton la découvrit...

Mme de Chevreuse, craignant que le cardinal la fit enlever, — même sur le sol anglais — avait obtenu de Buckingham que sa présence à Londres fut tenue secrète.

Le duc y consentit d'autant plus facilement que ses amours ne pouvaient que profiter du voile mystérieux derrière lequel Marie comptait dissimuler sa vie.

Pendant quelques jours elle eut la sagesse de se cloîtrer dans la demeure mise à sa disposition.

De longues promenades dans le parc qui dépendait de son habitation lui semblèrent délicieuses... Le duo d'amour qu'elle chantait, le soir, en compagnie du duc ravissait son cœur.

Cette vie calme, presque monotone, ne pouvait convenir éternellement à cette femme combative et passionnée.

Un soir — à l'heure où la nuit tombe lentement sur la terre, — elle passait — mélancolique — devant la grille d'une des quatre portes ménagées dans la muraille qui entourait le parc, lorsqu'un homme, portant l'uniforme de lieutenant aux gardes du roi Charles Ier, s'arrêta devant la grille.

Instinctivement, la duchesse imita ce mouvement.

Les regards de la grande dame et de l'officier se croisèrent...

Ceux de Felton — car c'était lui — disaient l'admiration...

Ceux de Marie laissaient deviner la surprise...

A cette époque Felton n'avait pas le masque aussi

BUCKINGHAM
Mme DE

contracté que le soir où il se présenta devant Richelieu. Sans être beau, son visage énergiquement accentué laissait deviner *quelqu'un*. — Assassin ou justicier... Monstre ou héros...

Le lieutenant se découvrit et s'inclina très bas...

La duchesse fit un léger signe de sa tête charmante et passa...

Dès lors, chaque soir, Felton semblable à un voleur se glissa dans le parc en s'aidant des branches qui pendaient hors des murailles.

Il avançait, pareil au reptile qui rampe, presque jusqu'à la maison d'habitation, et restait immobile à regarder les fenêtres closes derrière lesquelles « l'Inconnue adorée » reposait.

Si le lieutenant eût pu voir à travers les murailles et les volets, sa douleur et sa colère eussent été horribles...

Il eut maudit la duchesse et tué Buckingham.

Felton, avant le lever du soleil, regagnait sa demeure ; se jetait sur son lit et prenait quelques instants d'un repos bien mérité par les exercices d'escalade auxquels il se livrait.

Les préparatifs de l'expédition contre l'île de Ré mirent un terme aux visites du duc et aux exploits d'agilité de son lieutenant...

Mais un matin, au moment où l'escadre réunie à Portsmouth allait appareiller, Felton, qui était de service sur le vaisseau amiral, vit une femme masquée sortir de l'appartement réservé à Buckingham...

Il tressaillit en reconnaissant la gracieuse silhouette de l'inconnue qu'il adorait.

John se mordit les lèvres, pour ne pas hurler, tant la douleur qu'il ressentit fut cruelle.

La femme masquée et le duc passèrent devant lui.

— A bientôt, Marie, — murmura Buckingham.

— A bientôt, George, — répondit sa maîtresse.

L'instant d'après la duchesse regagnait la terre ; ... la flotte mettait à la voile vers les rives de France.

« Comme je le hais ce Buckingham » — pensa le lieutenant dont les regards brûlèrent d'un feu sombre.

L'affront que, par la suite, lui infligea le duc en ne le reconnaissant pas digne de commander une compagnie, augmenta son ressentiment...

... On a vu comment il se vengea...

Richelieu aimait à prendre ses sûretés envers les gens mêlés à sa politique. Il résolut de faire surveiller Felton par le marquis d'Embuscade et son ami Chafouin: mettant ainsi à profit leur connaissance de la langue anglaise.

Un des pilotes qui, lors de l'attaque de nuit dirigée contre les envahisseurs de l'île de Ré, s'était distingué par son audace et son habileté à faire passer, entre les navires anglais, le bateau qu'il avait à gouverner, fut requis par d'Embuscade et secrètement amené devant Richelieu.

— Pouvez-vous conduire un navire léger jusqu'aux rives d'Angleterre ?

— Je le puis, Monseigneur.

— Malgré les vaisseaux ennemis qui croisent au large ?

— Malgré ces vaisseaux, Monseigneur... A une condition, cependant...

— Laquelle ?

— C'est que le navire en question ne sera autre que le cutter pris — « le Soir de Ré » — par mes compagnons et moi... Avec ce léger bateau de guerre à un seul mât je distancerai les meilleurs voiliers...

— C'est entendu !

— Quels seront mes passagers, Eminence ?

— Le marquis d'Embuscade et le capitaine Ignace... Si un troisième passager se présente de ma part, vous le prendrez également à votre bord...

— Bien, Monseigneur.

— Vous ne me demandez pas à combien de livres j'évalue vos services ?

— Je m'en remets à Votre Eminence...

— Combien avez-vous de canons à bord ?

— Six, Monseigneur.

— Votre équipage est composé de combien de matelots ?

— Mes quatre fils, mes deux frères et mes huit neveux, Monseigneur.

Avec vous, capitaine Bernigousse, cela fait un total de quinze hommes.

— Oui, Monseigneur.

— Vous allez recevoir vingt mille livres.

— C'est trop ! Monseigneur...

— Songez que vous risquez la mort pour mon service particulier... Il est donc juste que je vous paie en conséquence, maître Bernigousse.

— Comptez sur ma reconnaissance et sur celle de toute ma famille, Monseigneur, — déclara le marin qui essuya, d'un revers de ses mains rugueuses, les pleurs qui perlaient aux coins de ses yeux.

Au moment de lever l'ancre, Bernigousse fut hélé par Felton :

— Capitaine !... Capitaine !...

— Envoyez prendre ce gentilhomme, — dit d'Embuscade.

— Mais...

— Ordre du cardinal, — ajouta Ignace.

Bernigousse obéit...

Une barque fut descendue des porte-manteaux et mise à la mer. Quatre hommes et un pilote y prirent place.

— Nage ! — ordonna celui-ci.

Les avirons commencèrent leur office... L'embarcation accosta bientôt la terre.

Felton sauta à bord et s'assit à la proue.

— Nage ! — dit à nouveau le pilote.

... Quelques instants après l'ennemi de Buckingham montait à bord du cutter.

La nuit était venue. Le navire du capitaine Bernigousse, à bord duquel aucun feu n'avait été placé, glissait comme un fantôme sur l'Océan dont les eaux semblaient d'encre. Au ciel, de gros nuages sombres masquaient la lune et les étoiles...

— Bon temps pour passer sans être vus, — dit le capitaine.

VI

L'étoile de Buckingham semblait pâlir depuis l'échec essuyé par les armes anglaises. Le roi voyait à regret le Parlement accorder — en dépit de l'opposition de quelques-uns de ses membres — des subsides destinés à lever une nouvelle armée et une flotte formidables dont la mission allait être de réparer le désastre subi devant Ré.

Le même esprit de mutinerie, qui avait divisé le Parlement, se répandit dans toute la nation. Les commissaires, établis pour la levée des deniers, avaient fermé les yeux sur toutes les fraudes qui pouvaient diminuer la somme, et réduire les recettes de la couronne.

Charles Ier sembla, dès lors, imputer à son favori les embarras qui, chaque jour, allaient s'accumulant.

La foule criait assez fort ses colères pour que le bruit causé par leur grondement vint troubler la quiétude royale.

Le succès remporté par Richelieu fit souvenir à Mme de Chevreuse qu'elle était française. La confidente de la reine regretta d'avoir fait le jeu de l'ennemi en suscitant des troubles sur la terre où elle était née.

Buckingham, vaincu par Richelieu, lui sembla désormais moins irrésistible... Le demi-dieu anglais avait été précipité de son piédestal grâce au souffle puissant du ministre de France... L'idole venait d'être brisée...

Le duc auquel — jusqu'à ce jour — aucune femme n'avait résisté, se cabra — surpris — devant les rigueurs de Marie...

Ce don Juan britannique entendait fort bien abandonner ses maîtresses — quitte à leur briser le cœur — mais il ne pouvait admettre que l'une d'elles se permît de repousser ses amoureuses prières... Il eut la fatuité de le dire à Mme de Chevreuse... Celle-ci toisa ironiquement le duc et répliqua ce simple mot :

— Vraiment?...

Puis elle quitta le salon...

Si Buckingham se fut précipité sur les pas de Marie et eut imploré son pardon, peut-être la jeune femme lui aurait-elle donné sa main à baiser ; mais le duc se contenta de lever les épaules — ce qui était peu noble — et de dire à voix assez haute : « Insupportable coquette » — ce qui était trivial.

Puis il quitta brusquement cette demeure où il avait tant aimé...

La duchesse, qui avait entendu les paroles de Buckingham, rougit de colère et jura de désespérer son insulteur.

Celui-ci laissa passer deux jours sans se présenter chez Mme de Chevreuse... Le soir de la troisième journée — ne pouvant plus résister au désir de revoir celle qu'il adorait et dont les baisers semblaient nécessaires à sa vie — le duc se fit annoncer auprès de la jolie française.

Les serviteurs obéirent aux ordres donnés, en répondant :

— Madame la duchesse ne reçoit pas.

— Même moi... son meilleur et plus fidèle ami ?

— L'ordre est formel, Monseigneur.

Le ministre anglais ne voulant pas — devant des valets — donner libre cours à sa colère... et aussi au désespoir qui envahissait son cœur, n'insista pas.

De retour à son palais, il écrivit une longue lettre à la « Cruelle qui broyait son cœur »...

Trois jours se passèrent sans qu'une consolatrice réponse vint mettre un baume sur la souffrance de son orgueil et de son amour humiliés.

Il résolut de chercher dans un travail acharné l'oubli de sa déconvenue... Pendant une semaine Buckingham ne cessa de se montrer dans les arsenaux, sur les chantiers où des milliers d'ouvriers réparaient les navires et préparaient le matériel nécessaire à une nouvelle campagne que le ministre rêvait formidable...

L'image de la duchesse Marie n'en restait pas moins devant ses yeux... L'amour continuait à angoisser son cœur.

Lorsque loin de son entourage, le duc pouvait songer à sa passion et en mesurer les profondeurs, il crispait les poings; d'entre ses lèvres pâlies s'échappaient des menaces... des supplications.

— Marie! — s'écriait-il, — Marie, je ne renonce pas à toi... Je n'y renoncerai jamais : je t'aime comme un fou!... Je te veux encore, Marie...

Si les accents de sa voix, brisée par la douleur, eussent pu, traversant les murailles, être entendus de Mme de Chevreuse, celle-ci se fut peut-être laissé attendrir; les mots prononcés par le duc auraient été effacés par les larmes tombées des yeux de ce grand seigneur....

Buckingham contemplait parfois un médaillon représentant la duchesse en Diane chasseresse. Ce bijou semblable à celui volé par Ignace Chafouin sur le cadavre de Nieuville et offert à Richelieu (voir LA ROSÉE ROUGE) lui avait été donné par sa maîtresse en souvenir de leur première nuit d'amour.

Le duc, les yeux fixés sur l'image de la jeune femme, se souvenait alors de la longue et voluptueuse minute où Marie avait tressailli de joie sous sa robuste étreinte...

Le désir de revivre encore de semblables instants, l'incita à écrire une nouvelle et délirante lettre à la jeune femme... Son fidèle valet de chambre, Yorick, fut chargé de la remettre à son adresse.

Le vieux serviteur pensa que son maître aurait été sagement inspiré en ne l'envoyant pas, à cette heure de nuit et de froidure, porter un billet doux...

Il n'était plus qu'à une courte distance de la demeure de la duchesse, lorsque d'une sombre ruelle trois hommes masqués surgirent et s'élancèrent sur lui...

Avant qu'il n'ait eu le temps de se mettre en garde et d'appeler du secours, il fut assailli, baillonné, jeté à terre et fouillé, avec une dextérité extraordinaire, par Ignace Chafouin (que nous appellerons parfois le capitaine Ignace) et par son ami, le marquis d'Embuscade...

John Felton, l'épée au poing, faisait bonne garde, prêt à immoler les indiscrets ou les londoniens attardés qui passeraient sur le théâtre de ses exploits.

Le vent d'automne soufflait violemment. La pluie commençait à tomber, aucun noctambule ne vint interrompre le « travail » des agresseurs.

La lettre écrite par le duc passa de la poche de Yorick dans celle d'Ignace...

Celui-ci fit entendre un léger sifflement... Felton, obéissant à ce signal convenu, quitta son poste d'observation et suivit ses compagnons qui s'éloignèrent hâtivement.

Aucun cri n'avait été proféré... Aucune parole n'était sortie des lèvres de ces hommes... Nul indice ne pouvait les dénoncer à la vengeance du ministre anglais...

Yorick ne ressentait d'autre douleur que celle causée par sa chute. Il commença par arracher le baillon qui l'étouffait. Puis il se leva en gémissant et se rendit compte que les doublures de ses poches pendaient lamentablement.

Sa colère fut grande en constatant que la lettre

destinée à Mme de Chevreuse lui avait été soustraite... Il craignit les conséquences de la colère de son maître.

« Je vais certainement perdre ma place, — pensa-t-il, — et le duc me fera emprisonner jusqu'à la fin de mes jours... Si je ne lui disais rien de l'aventure? Je soutiendrai que cette lettre a été remise au portier de la duchesse. C'est lui qui subira les conséquences du désastre... D'autant plus qu'il me déplaît ce William »...

Lorsque Yorick eut regagné le palais de Buckingham, il s'empressa de remplacer ses vêtements mouillés; puis se dirigea vers le cabinet de son maître.

— Eh bien? — lui demanda celui-ci.

— J'ai donné la lettre au vieux Will, Monseigneur...

— Tu lui as recommandé de la remettre à la duchesse dès le lever du soleil?

— Je lui ai même répété quatre fois cette consigne.

— Pourquoi... quatre fois?

— Will me semblait avoir trop caressé sa bouteille de gin. Monseigneur.

— Will, ivrogne?

— Oui, Excellence; mais la nuit... quand tout repose...

— Pourvu que ma lettre ne soit pas égarée!...

— Will sera dégrisé demain matin, Monseigneur, et la lettre sera fidèlement remise à Madame la duchesse...

— Malheur à Will s'il en était autrement !... Je le ferais périr sous les morsures du fouet...

Yorick pâlit...

« Voilà ce qui m'attends si mon mensonge est découvert » pensa-t-il...

— Votre Seigneurie n'a plus d'ordres à me donner?

— Non !...

— Que Dieu accorde un sommeil calme à Votre Grâce.

— Merci !...

Yorick s'inclina très bas et quitta le cabinet...

— Seigneur Dieu, — dit Buckingham, — si vous me jugez indigne de l'amour de la duchesse, accordez-moi l'oubli...

Maître Yorick, les poches lestées de quatre bouteilles de gin ; la ceinture garnie de deux pistolets et d'un long poignard, quitta le palais et se rendit à la demeure dont le vieux Will était le portier...

Sa visite fut si bien fêtée que, deux heures après, William, ivre-mort, dormait sur le plancher.

Yorick, satisfait du résultat obtenu, quitta son vieil « ami » et rentra au palais où il se coucha disposé à goûter un repos bien mérité.

. . . .

Felton et ses compagnons ne tardèrent pas à gagner *La Taverne des trois Grues* où ils avaient pris domicile depuis que le capitaine Bernigousse les avaient déposés, sains et saufs, sur la terre anglaise.

Ces hommes ligués contre Buckingham, devenaient

pour ce dernier des adversaires d'autant plus redoutables qu'ils agissaient dans l'ombre; que l'or gonflait leurs poches, qu'ils étaient intelligents et résolus.

Ignace Chafouin, grâce aux conseils et à l'exemple de son ami d'Embuscade, avait — à mesure que croissait sa barbe — perdu son allure cauteleuse et cafarde. De nombreuses leçons d'escrime et le port de l'uniforme avaient achevé la métamorphose.

Quant au marquis, le titre qui précédait le nom significatif « d'Embuscade » lui appartenait réellement... Cadet d'une noble, mais peu fortunée famille, il avait dissipé en orgies le mince patrimoine que son frère aîné consentit à lui remettre après la mort de leurs parents. De chute en chute, il descendit jusqu'aux bas-fonds où pullulent les voleurs et les assassins. C'est alors qu'il oublia le nom de ses aïeux et qu'il s'affubla de celui d'Embuscade.

Son costume était celui de capitaine de partisans. Il pouvait — le cas échéant — se faire passer pour un brave officier désireux de combattre sous les étendards du roi d'Angleterre.

D'Embuscade, malgré ses années de misère et de débauche, était demeuré un fort bel homme. Ses traits flétris donnaient un caractère mélancolique à sa physionomie hautaine.

John Felton, en dépit de la maigreur de son visage, expressif était loin d'être laid. Sa moustache et sa royale de nuance châtain clair; sa chevelure coupée court, mais bien fournie; son costume noir faisait encore ressortir l'élégance naturelle de sa taille élevée.

Felton n'avait pas cru devoir révéler à ses nouveaux amis le second motif qui le poussait à détester Buckingham ; mais ceux-ci ne tardèrent pas à le découvrir grâce à une « surveillance » qu'ils organisèrent afin de savoir en quel lieu l'ex-officier passait une partie de ses nuits...

Ignace et d'Embuscade le surprirent au moment où, pour regagner la *Taverne des Trois Grues*, il escaladait la grille du parc de Mme de Chevreuse... Les « compères » jouèrent une scène d'étonnement dont John fut dupe... Le nom de Marie de Chevreuse, prononcé par le marquis, amena l'Anglais à confesser l'amour sans espoir qu'il ressentait pour la noble dame.

— Pourquoi désespérer ? — dit Ignace.

— Nous vous aiderons à triompher, — déclara d'Embuscade.

— Mes amis !... Mes chers amis ! — s'écria Felton — quel droit vous aurez à ma reconnaissance.

. . . .

Dès cette minute, la demeure de la duchesse devint le point de mire des aventuriers. L'infructueuse visite de Buckingham fut signalée par Ignace. La physionomie soucieuse du duc révéla l'état de son âme...

— Il ne tardera pas à écrire à la duchesse, — déclara d'Embuscade qui connaissait à merveille — pour les avoir éprouvées — les étapes de la passion.

Après la période d'activité destinée à faire oublier « sa belle amie », Buckingham plus épris que jamais dira — sur le parchemin — combien ses souffrances sont cruelles... Il nous faudra cette lettre qui, tout en nous éclairant sur ses affaires d'amour, sera une arme terrible contre Mme de Chevreuse... Cette lettre remise entre les mains du cardinal convaincra la duchesse d'infidélité envers son époux et de trahison envers la reine Anne d'Autriche.

Ignace admira la perspicacité du marquis, mais conseilla de laisser ignorer à Felton le double but qu'ils poursuivaient en voulant intercepter la lettre du ministre de Charles Ier.

— Il faut que Felton soit persuadé que nous n'agissons que dans le but de seconder ses amoureuses convoitises — ajouta l'ancien prêtre.

Voilà pourquoi Yorick tomba dans le guet-apens qui était tendu au messager du duc.

Une fois installés dans la chambre que Felton occupait à *La Taverne des Trois grues*, ils firent sauter le scel qui fermait la lettre dont ils prirent connaissance.

— Comme *Il* l'aime ! dit sourdement Felton qui avait peine à retenir des hurlements de colère.

— Comme *Elle* se moque de son amour, — répliqua d'Embuscade qui mit la lettre dans une des poches de son pourpoint.

— Vous avez le champ libre, mon cher Felton, — dit Chafouin, — profitez-en.

— C'est vrai !... Elle ne l'aime plus... Mais elle l'a

aimé... Il a posé ses lèvres sur les siennes... Jamais je ne pourrai faire que cela n'ait pas eu lieu.

— Par l'Enfer ! — monsieur Felton, vous êtes trop exigeant... Le Présent vous appartient. Pourquoi vous préoccuper du Passé ? — s'écria le marquis.

— Vous avez raison, messieurs... Comment pourrais-je pénétrer autrement que par escalade — dans la maison de la duchesse ?

— Le moyen est simple, — répliqua d'Embuscade.

— Vraiment ?... Ne me trompez pas, marquis ; ne faites pas entrer dans mon cœur un irréalisable espoir... Ce serait trop cruel.

— Demain vous serez reçu par la duchesse — affirma le marquis — Je vous en donne ma parole de gentilhomme... Il se fait tard... Séparons-nous, messieurs,... et à demain.

Ignace et d'Embuscade prirent congé de Felton qui, extasié, sourit en murmurant :

— Demain !...

L'ancien prêtre pénétra dans la chambre du marquis auquel il demanda le moyen qu'il comptait employer pour tenir la promesse faite à leur ami John.

— Ne sommes-nous pas « élèves » de Laffemas ?

— En effet !...

— Laffemas n'est-il pas le premier faussaire du royaume ?

— Du monde !...

— Laffemas ne vous a-t-il pas appris — comme il me l'a enseigné — à imiter l'écriture du cardinal, du roi, de la reine et même celle de Pierre Séguier ?

— Je vous devine...

— Cela, capitaine Ignace, me dispensera de vous donner de plus minutieuses explications — déclara d'Embuscade qui, tout en parlant, avait pris un parchemin dans le tiroir d'une commode de noyer massif...

Il se mit aussitôt à la besogne...

... La lettre qu'il écrivit n'aurait pas été reniée par Anne d'Autriche, tant l'écriture ressemblait à la sienne.

Il était dit dans cette missive : Que la reine regrettait chaque jour plus amèrement l'absence de sa confidente. Que dans le Louvre circulaient des bruits relatifs à la doube trahison, envers elle, du duc George et de Marie de Chevreuse... « Tout en te reconnaissant moins belle que moi, Buckingham se vanterait du pouvoir que son prestige exerce sur toi, ma chère Marie »... Elle suppliait la duchesse de « rétablir les faits » car elle ne pouvait croire à l'infamie de deux êtres aimés... Quelques lignes étaient consacrés au messager en qui *on* pouvait avoir toute confiance.

Ignace n'était pas demeuré inactif pendant que d'Embuscade se livrait à son travail de faussaire... En pleine masse de plomb qui formait le pommeau d'une cravache trouvée dans la chambre, il gravait, au moyen de son poignard le dessin d'un cachet rappelant celui dont la reine se servait pour sceller sa correspondance.

Les complices se firent mutuellement l'éloge de leurs talents...

les lignes accusatrices

La lettre une fois close fut serrée dans une des poches du marquis...

Les « élèves » de Laffemas se séparèrent en se souhaitant une bonne nuit.

VII

Après le déjeuner, Felton et ses amis se réunirent dans la chambre de l'un d'eux.

— Voici le moyen de pénétrer chez Mme de Chevreuse, — dit d'Embuscade en tirant la fameuse lettre d'une des poches de son pourpoint.

— Ce parchemin?

— Oui, mon cher Felton,... ce parchemin... Mais veuillez m'écouter sans impatience : je serai bref... Si mon épée et mon sang appartiennent au cardinal, Mon honneur n'appartient qu'à moi seul... Aussi ne faillirai-je pas au serment que je fis, le soir de la surprise de Ré à un gentilhomme français blessé à mort... J'ai juré — sur sa demande *in extremis* — de faire parvenir cette lettre à son adresse... C'est vous, ami John, qui m'aiderez à tenir le serment que je fis au mourant.

— Cette lettre est destinée à la duchesse? — s'écria l'Anglais.

— Oui!

— Par qui?

— Sans doute par un personnage touchant de près à Leurs Majestés, — répondit évasivement Ignace.

— Ainsi, mon cher Felton, c'est à vous — Anglais — que notre compatriote blessé a remis la lettre le soir du combat de Ré.

— Oui !...

— Si la duchesse s'étonne de vous voir accomplir cette mission plusieurs semaines après le retour de la flotte de Buckingham ; vous prétexterez un coup violent, reçu aux jambes, qui vous a tenu couché pendant un mois... Enfin !... faites pour le mieux.

— Messieurs, ce sera désormais, entre nous, à la vie, à la mort !

— A la vie !...

— A la mort !...

répétèrent les aventuriers.

. . . .

Felton se présenta le jour même chez Mme de Chevreuse...

Un valet appelé par Will, encore abruti de l'ivresse de la veille, guida l'ex-lieutenant vers un vaste salon luxueusement meublé qui prenait jour sur le parc où John avait passé de si troublantes heures à guetter les fenêtres closes de l'adorée...

Une draperie, soulevée par une invisible main, livra passage à la duchesse qui jamais n'avait été aussi belle.

Felton en fut ébloui...

Cet émoi, qu'il n'essaya pas de dissimuler, constituait un délicat hommage envers celle qui en était la cause.

— Parlez, Monsieur, — dit la duchesse qui cherchait en vain dans ses souvenirs en quelle circonstance cet homme au visage pâle avait attiré ses regards.

Felton s'inclina :

— Si je me suis permis de franchir le seuil de cette demeure, Madame, c'est que la promesse faite à un gentilhomme français mortellement blessé m'y obligeait.

— Le nom de ce gentilhomme, Monsieur?... De grâce, son nom?... Ne prolongez pas mon angoisse!... — s'écria la comtesse soudainement pâlie.

— Je l'ignore, Madame... C'était après le terrible combat qui permit aux Français de reprendre l'île de Ré... Les Anglais avaient précipitamment regagné leurs vaisseaux, laissant entre les mains des vainqueurs bagages et blessés... Français et Anglais furent également soignés par vos compatriotes. Près de moi, dont les jambes étaient comme rouées, agonisait un officier français qui me remit secrètement une lettre en me faisant jurer de la porter à son adresse... Je tiens aujourd'hui mon serment...

En prononçant cette dernière phrase, Felton présenta la lettre dont il était porteur et qu'il croyait de bonne foi avoir été confiée à d'Embuscade par un gentilhomme français.

La duchesse remercia le messager, puis porta ses regards sur le cachet qui scellait le parchemin.

— De la reine, — murmura-t-elle...

Elle brisa le cachet, déploya la feuille et commença la lecture...

Soudainement ses mains tremblèrent... Un nuage couvrit ses yeux... Ses tempes lui firent mal et ses oreilles bourdonnèrent de mille bruits de cloches... Elle chancela.

Felton s'élança assez à temps pour recevoir Marie de Chevreuse dans ses bras.

Il eût donné son âme au démon pour prolonger cette minute exquise. Mais la duchesse, dont l'énergie surmonta la faiblesse, retrouva promptement ses esprits.

— Merci, Monsieur, vous êtes bon... Mais Lui, de quelle boue est-il pétri pour se conduire de la sorte?... Je lui broierai si cruellement le cœur qu'il n'y restera plus une goutte de sang...

Elle lut une fois encore le parchemin fatal; puis le serra dans un tiroir.

La duchesse, dont le visage avait repris sa grâce accoutumée, dirigea ses regards vers l'ex-lieutenant.

— Monsieur, vous oublierez la scène à laquelle vous venez d'assister... Oubliez-là comme je veux l'oublier moi-même.

— Je ne me souviens plus de rien, Madame.

— Merci!...

La duchesse tendit sa main au messager.

Celui-ci y posa dévotement ses lèvres; puis, plus pâle encore que tout à l'heure, il releva la tête :

— Si jamais vous avez besoin d'un défenseur, Madame, souvenez-vous que John Felton fera avec joie le sacrifice de sa vie pour mériter la faveur de baiser votre main...

— Je me souviendrai, Monsieur Felton; mais n'allez-vous pas faire partie de l'expédition que le roi Charles consent à envoyer au secours des Rochellois?...

— J'ai rendu, à lord Buckingham, ma commission de lieutenant... Je suis désormais libre de mes actes... Rien ne peut m'empêcher de me dévouer au service de la plus noble des femmes.

« Et aussi de la plus cruellement outragée » — pensa Marie.

— Pourquoi avez-vous renoncé à la carrière des armes? — demanda-t-elle en s'asseyant dans un large fauteuil de cuir de Cordoue.

— Lord Buckingham m'a fait un passe-droit, Madame...

— Vous détestez ce ministre?

— Je le hais!... — répliqua Felton dont les yeux se cernèrent.

— Parce qu'il fut injuste envers vous?

— Ma haine envers ce duc maudit est née d'une plus noble cause, Madame.

— Laquelle?

— Il est aimé de la femme à laquelle j'ai voué une adoration sans bornes, Madame.

Marie craignit de trop aisément deviner le nom de cette femme.

— Les apparences sont parfois trompeuses, Monsieur Felton. Cette femme, à laquelle vous faites allusion peut être aimée du duc, sans pour cela répondre à son amour... Buckingham est un de ces présomptueux qui déclarent séduites toutes les femmes dont ils rêvent d'obtenir les faveurs... Ces gens-là préfèrent mentir plutôt que d'avouer leur déconvenue — quitte à sacrifier la réputation d'une femme.

Elle se souvenait maintenant de sa première rencontre avec Felton et du salut échangé.

« Cet homme m'aime... Il m'aidera à me venger de Buckingham », — pensa la grande dame qui, jugeant l'entretien terminé, se leva et tendit sa main au gentilhomme anglais.

Celui-ci y déposa un baiser.

— Quand serais-je admis, Madame, à l'honneur de vous présenter mes hommages ?

— Dans deux jours...

. . . .

VIII

Le duc de Buckingham n'ayant pas reçu — et pour cause — de réponse à la lettre confiée au « dévouement » de Yorick, tomba dans un profond accablement : « C'est fini, — pensa-t-il, — Marie ne m'aime plus... Quelle âme férocement coquette possède-t-elle donc pour me torturer ainsi ?... Je l'aime... je l'adore chaque jour davantage... Je néglige les devoirs de ma charge... Je me rends ridicule aux yeux de tous... et cela pour une femme qui me dédaigne... »

— Pitié ! Marie, — dit-il en s'agenouillant presque devant le médaillon. — Pitié ! pour celui qui ne peut vivre sans te voir... Sans tes baisers qui affolent... Marie !... Pitié !... Pitié !...

Une draperie, lentement soulevée, livra passage au chevalier Thomas Fryar, un des meilleurs colonels de l'armée anglaise, ami dévoué de Buckingham.

Le chevalier contempla le gentilhomme dont les yeux étaient rougis par de brûlantes larmes. Il eut un geste de mépris.

Le duc, dont l'attention avait été éveillée par le froissement que fit en retombant la lourde tapisserie de Flandres, se tourna brusquement.

— Thomas Fryar !

— Oui, mylord, Thomas Fryar dont le front s'empourpre à la pensée que le premier ministre d'Angleterre se lamente devant un portrait de femme...

— Colonel ! — s'écria le duc dont le visage rougit de colère et de honte.

— Je parlerai, mylord ; parce que mon devoir m'ordonne de mettre fin au silence qui me pèse depuis que cette duchesse de Chevreuse foule de ses pieds mignons le sol de l'Angleterre... C'est l'heure où le pays se trouve en proie aux plus cruelles difficultés économiques et politiques... Où une guerre, — déchaînée pour satisfaire votre ressentiment contre Louis XIII et Richelieu qui vous ont moralement interdit le séjour de leur pays, — menace d'épuiser les ressources de la nation, que vous choisissez pour donner libre cours à vos amoureuses intrigues... L'amour seul qui doit actuellement faire battre votre cœur, duc de Buckingham, est celui que vous inspire le pays...

— Tout autre que vous, Thomas Fryar, paierait de sa vie les imprudentes paroles qui viennent d'être prononcées ; mais je vous aime, colonel, et je veux oublier vos propos... Pensez-vous que l'amour de l'Angleterre ne soit pas aussi puissant dans mon cœur que dans le vôtre ?... Les préparatifs en vue de la descente sur les côtes françaises ne sont-ils pas fiévreusement menés ?

— On pourrait, tout en allant aussi vite,... faire mieux...

— Que voulez-vous dire, colonel ?

— Je veux dire que vos ouvriers dans les arsenaux et sur les navires, vont, viennent, s'agitent ; mais que les résultats de tant de bruits ne nous permettront pas — avant quatre mois — de faire voiles pour la France...

— Vous exagérez, colonel...

— Je dis la vérité, mylord... J'ajoute qu'à cette époque le cardinal aura fait terminer sa fameuse digue et que nos secours arriveront trop tard — La Rochelle aura ouvert ses portes aux armées catholiques.

— Je ne puis cependant pas, mon cher Thomas, retrousser les manches de mon pourpoint et aider les charpentiers à calfater nos navires ?

— Vous pourriez, mylord, surveiller les travaux

comme vous le fîtes pendant une semaine... le mois dernier. Votre présence stimulerait les travailleurs... Il faudrait également que Votre Grâce s'intéressât aux conceptions des ingénieurs... les discutant même quand elles sembleraient peu pratiques ; cela économiserait du temps, de l'argent... et rehausserait votre prestige qui baisse singulièrement, Monseigneur.

— Le bas peuple me hait... que m'importe !... Cette tourbe ne compte pas... ; ses insultes ne peuvent monter jusqu'à moi... Qu'elle continue, cette populace que je méprise..., qu'elle persiste à me rendre responsable de tous les maux dont elle souffre, je ne m'en trouverai nullement offensé : la boue de la ruelle et du carrefour ne peut tacher mon blason...

S'il ne s'agissait que du mécontentement populaire, je n'insisterais pas auprès de Votre Grâce...

— La noblesse se permettrait-elle ?

— Oui, mylord, la noblesse qui vous déteste plus encore que ne le fait le peuple — vous reproche de vider le trésor de la couronne. Elle ne vous pardonne pas de dépenser en mille fantaisies les sommes fabuleuses que le peuple et les trafiquants versent — à regret... mais versent quand même — entre les mains des commissaires chargés de la levée des deniers.

— J'imposerai silence aux nobles.

— Vous ne trouverez pas un collaborateur pour vous aider, mylord.

— Vous semblez oublier le bourreau, colonel ?

— L'exemple de Richelieu !...

— Oui !... Le cou d'un noble Anglais ne sera pas

plus difficile à trancher que celui d'un seigneur de France.

— Mauvais système, mylord...

— Que voulez-vous dire ?

— La collaboration d'un bourreau n'enfante que des meurtres inutiles... Le sang qui coule sur un échafaud est perdu pour une nation... La noblesse française, qui ne craint pas la mort, ne désarme pas contre l'autorité du cardinal-duc. Elle crie bien haut ses colères et sa haine... Tant qu'une tête restera sur des épaules de gentilhomme français, elle ne se courbera pas devant celui que l'on désigne sous les noms de « Cardinal-Rouge... » Croyez-vous donc, mylord, que notre noblesse d'Angleterre redoute la mort ?... Feriez-vous trancher vingt des plus nobles têtes du Royaume, que cent autres se lèveraient pour vous reprocher votre crime et vous braver en face... Si vous rêvez d'imiter Richelieu, faites-le par ce qu'il a de grand... Par son activité ; par son génie... Faites cela, monseigneur, et vous calmerez plus sûrement les haines qui couvent contre Votre Grâce, n'attendant que la minute favorable pour faire explosion, et, semblable au volcan qui répand sa lave brûlante, allume un immense incendie dont les flammes consumeront la monarchie et peut-être l'Angleterre... Le vent qui gronde dans le cœur des Anglais ébranlera fatalement le trône de Charles Ier et le renversera comme s'il ne s'agissait que d'un arbre pourri à la base... Si vous êtes trop haut placé, mylord, pour que la boue de la ruelle et du carrefour puissent vous atteindre, vous êtes aussi tellement éloigné du contact de la foule que ses vociférations n'arrivent à vos oreilles qu'affaiblies comme un murmure... Duc de Buckingham, méditez les paroles d'un homme qui vous aime ;... d'un loyal soldat d'Angleterre.

— Au nom de l'amitié, je consens à oublier ce que vos paroles ont d'excessif, colonel Thomas Fryar ; mais à l'avenir évitez-moi de semblables discours... Je ne suis pas un enfant qui, au récit d'une terrible histoire, s'affole et tremble... Je suis un homme qui tiendra tête à l'orage... Je n'ai besoin ni de conseils, ni de sermons... Le roi seul a quelque autorité sur moi... quand je lui en accorde la permission... Richelieu a gagné la première partie... Soit !... Bientôt je prendrai ma revanche. Puis j'imposerai le poids de mon autorité, affermie par la victoire, aux hommes — nobles ou roturiers — qui oseront la discuter... S'il faut pour arriver à ce résultat trancher quelques têtes, ces têtes tomberont... Alors les autres jugeront plus sage de s'incliner... et elles s'inclineront.

— J'en doute, Monseigneur.

Le duc devint pourpre... Il s'écria :

Sortez !

Thomas Fryar, le cœur angoissé, quitta le cabinet.

— Je les briserai tous ! — déclara le ministre dont le poing menaça d'invisibles ennemis.

IX

John Felton avait eu une jeunesse ascétique. Sa maturité se trouva sans défense aux prises avec la passion allumée, dans son cœur, par la beauté, l'intelligence et la grâce de la duchesse Marie.

Il ne chercha pas à mesurer combien énorme se trouvait la distance qui séparait un gentilhomme anglais, d'une des plus grandes dames de la cour du roi Louis XIII... Il aimait...

Chacune des visites que l'ex-lieutenant faisait à l'exilée augmentait l'intensité de sa passion.

Touché de la bienveillance que lui témoignait cette femme supérieurement douée, il s'abandonnait avec candeur aux délices et aux vanités d'une chaste adoration.

La police, dévouée au premier ministre d'Angleterre, ne tarda pas à remarquer les fréquentes visites que Felton faisait à Mme de Chevreuse. Buckingham, lorsqu'il en fut informé, ne voulut pas ajouter foi aux rapports de ses agents.

Devant l'insistance d'un nommé Tony Bell dont la mission spéciale consistait à surveiller la demeure de l'ennemie de Richelieu, — quoiqu'il lui parut impossible que la duchesse accueillît les hommages de ce « piètre gentilhomme » — le ministre sentit le doute envahir sa pensée. Il résolut de tenter une dernière démarche auprès de Mme de Chevreuse.

Le duc pensait que Felton, connaissant l'amour qu'il avait voué à cette grande dame, venait la supplier d'intercéder auprès de lui pour obtenir une nouvelle lieutenance.

Lorsque George de Villiers se présenta chez la duchesse, il fut introduit aussitôt auprès d'elle.

— Marie !... Chère Marie, — murmura-t-il en se prosternant.

Celle-ci constatait les stigmates imprimés par la souffrance sur le visage de son adorateur. Nulle pitié ne calma son ressentiment... L'amour de Buckingham était loin d'être aussi chaste que celui de Felton... Marie, résolue à se refuser, désormais, savait combien le duc allait souffrir... Elle s'en réjouissait.

— Relevez-vous, George, on dirait, à vous voir agenouillé, que vous demandez grâce...

— C'est ma grâce, en effet, que j'implore, Marie...

— De quel crime êtes-vous donc coupable ?

— Si je vous crie : Grâce !... C'est que ma souffrance est par trop horrible, Madame... Pourquoi chercher à désespérer un homme qui vous aime comme un fou ? .. Dans quel but ?... Pour quelles raisons m'avez-vous, pendant de longues semaines, fermé votre porte ?...

— J'étais malade... et — mettons que ce soit par coquetterie — je ne voulais pas être vue dans cet état par le très noble et trop séduisant duc de Buckingham.

— Seulement par le duc de Buckingham ?

— Seulement par lui... Oui duc !

Le regard énergique de la jeune femme souligna cette phrase.

— Dois-je en conclure que seule mon opinion a pour vous quelque valeur?

— Peut-être...

Buckingham n'était pas dupe de ces réponses à double entente. Il résolut de cesser le jeu inutile des phrases ambiguës.

— Je vous aime, Marie... Vous êtes tout pour moi... Si votre amour m'était ravi, je vous jure que je n'y survivrais pas... La crainte insensée de vous perdre à tout jamais me hante...

— A combien de femmes vos lèvres ont-elles murmuré de semblables paroles?

— Cruelle!...

— A la reine de France...

— ... Marie!...

— A Marion Delorme et à la jolie Ninon...

— ... De grâce!...

— ... A Madame de...

— ... Marie!... Marie!... Cessez ce jeu cruel... Vous savez bien que je n'ai jamais été l'amant d'Anne d'Autriche?...

— Ce n'est pas le désir qui vous en a manqué...

— J'aime la reine de France parce qu'elle est malheureuse entre le roi qui la délaisse et Richelieu qui la torture... Je l'aime pour le charme qui se dégage du moindre de ses sourires... Je l'aime comme les Italiens aiment la Madone...

— L'amour spirituel pour Sa Majesté ;... L'autre pour moi...

— Marie !...

— Le Ciel avec la reine... et l'Enfer avec la duchesse pour vous distraire.., en attendant mieux.

— Nul amour ne pourra, désormais, remplacer dans mon cœur l'adoration que je ressens pour vous, Marie... Ne repoussez pas les hommages du plus tendre, du plus passionné des amants...

La duchesse ne savait que penser... L'émotion trop sincère pour être feinte ; les larmes du duc ; sa pâleur et la contraction de ses traits dénotaient une horrible souffrance morale .. Mais la lettre écrite par Anne d'Autriche... Cette accusation de lèse galanterie ; de forfaiture à l'honneur, accablait Buckingham...

Celui-ci, dont les regards anxieux essayaient de déchiffrer les sensations qui se reflétaient sur le visage de Marie, paraissait attendre son arrêt de mort... Un condamné, lorsque sonne l'heure du supplice, ne pouvait présenter à ses juges et au bourreau plus livide face.

Cette immense et muette douleur toucha plus la duchesse que n'auraient pu le faire de véhémentes déclarations... Ses regards devinrent moins sévères... Elle résolut de tenter une épreuve :

— Duc ?

— Madame ?

— Que penseriez-vous de l'homme qui, ayant obtenu la faveur de poser ses lèvres sur celles d'une femme, se vanterait publiquement de cette bonne fortune ; faisant des comparaisons entre cette femme et d'autres déjà obtenues ou non — et se targuerait de son prestige pour asservir l'imprudente... Que penseriez-vous de cet homme ?

— Je le déclarerais infâme !

« Il n'a pas tressailli » — pensa la duchesse, — « s'attendait-il à ma question ?... Est-il victime d'un mensonge ? »

Elle continua l'épreuve :

— Dans le cas où une semblable accusation serait portée contre vous... Que feriez-vous, duc ?

— Je ne me donnerais pas la peine de la démentir...

— ... Cependant ?...

— ... Non, Marie, démentir une telle accusation serait laisser croire qu'elle eut quelque valeur... Démentir, serait aggraver l'outrage que me ferait un pareil soupçon...

— Si une femme vous disait : DÉMENTEZ... SI NON JE CROIRAI TOUT.

— Je ne répondrais pas davantage... Je préfèrerais endurer l'horrible souffrance causée par une rupture avec une femme m'estimant assez peu pour m'avoir cru à ce point misérable...

— Ce serait l'aveu de la faute ?

— Non, Marie... Ce serait dédaigner l'accusation.

— Si cependant cette femme prenait le silence pour un aveu !... Si elle vous jugeait coupable et digne de mépris ?

H. LECOULTRE

— Du fait même que cette femme puisse me croire capable d'une telle forfaiture, son jugement me deviendrait indifférent.

Un silence pénible plana sur ces deux êtres jeunes, beaux, faits pour s'aimer.

George de Villiers contempla la duchesse dont le doute embrumait la pensée.

Il murmura :

— Aimez-moi, Marie... Je suis prêt à tout sacrifier pour vous plaire : rang, fortune politique, ambition... Si la guerre que je prépare contre la France est douloureuse à votre cœur, je ne laisserai pas se déchaîner la furie de mes bataillons... Je renoncerai à prendre ma revanche et à humilier Richelieu... Je vous aime !... Je pense à vous, Marie, pendant les heures du jour... La nuit, chère adorée, votre image me visite et embellit mes songes... Aimez un peu, madame, un homme qui vous aime trop...

— Voilà de belles et touchantes paroles, duc...

— Des paroles vraies, surtout, madame.

— J'en doute...

— Douter de mes paroles !... Douter de la sincérité de mon amour !... N'êtes-vous pas l'être aimé que dans un divin rêve j'appelais souvent ?... Ne suis-je plus l'homme pour qui le culte d'une femme est un besoin du cœur ?

— Vous brisez — ou reniez, ce qui revient au même — trop souvent vos idôles, duc de Buckingham... Je voudrais croire à vos paroles... et...

— ... et?

— ... je ne le puis pas.

— Nul amour cependant n'égal ma tendresse?... Regardez, Marie, l'homme qui tombe à vos genoux,... sanglotant, presque, et faible comme un enfant... Cet homme est le maître de l'Angleterre. Il n'a qu'un mot à dire pour que des milliers d'hommes s'entregorgent. Son pouvoir est sans limites sur des millions de sujets... Cet homme donnerait sa puissance pour entendre vos lèvres murmurer : « Je t'aime. ».

La duchesse se leva ; puis passant à côté de Buckingham agenouillé, elle marcha jusqu'au meuble dans lequel la lettre de la reine avait été placée... Elle fit jouer le « secret » qui permit d'ouvrir le tiroir, et prit le parchemin qu'elle présenta au duc.

— Lisez, monsieur...

Le duc prit le parchemin et, tout en se levant, y jeta les yeux.

— De la Reine !

D'un mouvement irréfléchi, spontané, il porta le cachet à ses lèvres.

— C'est ELLE qu'il aime — murmura la duchesse.

George de Villiers parcourut avidement le parchemin fatal ; puis porta la main à son cœur afin d'en comprimer les battements désordonnés...

— Je ne rêve pas... Ces lignes accusatrices brûlent mes yeux... J'ai ma raison... Toute... ma raison... Mon Dieu !... Mon Dieu !... me croire capable d'une telle infamie... ELLE... La Reine... Je m'explique, madame, les paroles que vous prononçâtes tout à l'heure...

— Défendez-vous, duc de Buckingham.

— On ne se défend pas d'une semblable accusation, madame, on la méprise...

— ... C'est plus facile...

— ... Non, madame,... c'est plus digne.

Le duc regarda à nouveau l'écriture; puis examina attentivement le cachet et la composition du parchemin... Un travail énorme avait lieu dans sa pensée...

La duchesse, surprise, le regardait...

Il vint auprès d'elle et lui présenta la lettre :

— Sa Majesté écrit-elle habituellement sur un aussi grossier parchemin ?

— Non, certes !...

— Le cachet de Sa Majesté aurait grand besoin d'être confié à l'orfèvre de la Cour... Les caractères en sont à peine visibles sur la cire.

— C'est vrai ! — s'écria Mme de Chevreuse qui s'était emparée de la lettre...

— N'auriez-vous pas en votre possession, madame, quelques lettres émanant de la reine ?

— Je n'en possède qu'une seule, duc, et je vais vous la montrer.

La duchesse prit, dans le tiroir resté entr'ouvert, un parchemin scellé aux armes d'Anne d'Autriche... Elle le donna au ministre de Charles Stuart.

— Le parchemin est plus délicat et plus blanc que celui employé pour écrire cette dernière lettre... Le cachet ne peut être comparé à l'autre — pour la netteté des caractères... Quant à l'écriture... je vous laisse juge, madame.

— Vous pouvez lire, duc, ce que m'écrivait — il y a quelques mois — notre belle souveraine.

— Non, madame,... c'est inutile.

Le duc remit le parchemin à Marie de Chevreuse...

— Mon opinion est établie, madame,... ceci est l'œuvre d'un faussaire... Le cachet l'indique clairement.

— Mais dans quel but ?...

— Me perdre à tout jamais dans votre esprit, madame...

« Felton aurait-il imaginé ?... Non c'est impossible ! » — pensa la duchesse.

— Qui vous a remis ce parchemin, madame?

Un coup discret fut frappé contre une des portes ;... un domestique entra et annonça :

— Monsieur John Felton.

Buckingham était au courant des assiduités de son ancien officier auprès de madame de Chevreuse. Il ne manifesta aucun étonnement.

La duchesse donna l'ordre de n'introduire Felton que lorsqu'elle sonnerait...

Le valet se retira.

— Vous connaissez ce gentilhomme, duc ?

— Il a servi sous mes ordres.

— Son grade?

— Lieutenant...

La duchesse désigna une draperie qui dissimulait la porte donnant accès à l'oratoire.

— Entrez là, duc... Vous pourrez entendre la conversation que je vais avoir avec Monsieur Felton...

Buckingham s'inclina, puis souleva la lourde draperie dont les plis retombèrent derrière lui.

Mme de Chevreuse appuya sur un timbre...

... Quelques secondes après Felton était introduit.

Il s'inclina devant la duchesse et lui baisa la main.

La grande dame sembla écouter avec bienveillance les propos de l'ex-lieutenant. Elle se montra — ou feignit de se montrer — sensible aux allusions que celui-ci fit à sa beauté.

Felton protesta de la joie qu'il éprouverait à se dévouer pour elle...

— Etes-vous sincère ?

— En douter serait me faire injure, madame.

— Prenez garde...

— A quoi ?

— Je vais mettre ce grand dévouement à l'épreuve.

— Le Ciel en sera béni, madame.

Le visage de John réflétait une joie immense...

— Je compte sur vous, monsieur Felton, pour faire parvenir à Sa Majesté la reine Anne d'Autriche, une réponse à la lettre que vous me remîtes dernièrement.

— Quand devrai-je quitter Londres, madame ?

— Dès que vous aurez trouvé un navire dont le capitaine veuille bien mettre à la voile vers les côtes de France...

— Je vais, dès aujourd'hui, chercher ce capitaine... En y mettant le prix je pense réussir...

— ...Et vous m'aurez donné une éclatante preuve de ce dévouement dont vous me faites l'offre à chacune de vos visites.. Mais, rappelez-moi, je vous prie, en quelles circonstances la lettre que vous m'apportâtes vous fut remise... J'étais à un tel point troublée à ce moment là que je n'ai pas complètement entendu le récit de votre odyssée ?

Felton recommença son mensonger récit ; mais, lorsqu'il parla du combat auquel il avait pris part le le soir de la défaite de Ré, la tapisserie fut brusquement soulevée pour livrer passage au ministre de Charles Ier qui, l'épée nue s'écria :

— Cet homme a menti !...

Felton se leva en proie à un trouble voisin de la folie :

— Buckingham !... Je suis perdu...

Mme de Chevreuse considéra ces paroles comme un aveu... Avant que John puisse faire usage de son épée, elle s'élança, saisit l'arme par la poignée et la tira vivement...

— C'était un piège ! — rugit le misérable, — qui, les yeux fixes et les poings crispés, allait s'élancer contre le duc.

La pointe de l'épée qui menaçait sa poitrine, l'immobilisa...

— Rien !... Pas même un poignard pour me défendre et satisfaire le besoin de vengeance qui me rend insensé...

Il jetait un regard plein de rage sur les murailles où nulle panoplie n'était suspendue.

— Tu vas mourir...

Buckingham, joignant le geste à la parole, allait percer le cœur de Felton, lorsque la duchesse s'écria :

— Grâce pour cet homme !...

— Qu'il avoue son imposture !... Sinon !...

— Assassinez-moi !...

— Avoue !...

— Jamais !...

— Alors tu vas mourir...

— Non, duc, il sortira librement de ma demeure... Il ne sera pas dit que la duchesse Marie de Chevreuse aura laissé froidement tuer — chez elle, devant ses yeux — un homme sans défense... Cet homme fut-il un misérable...

Elle sonna trois fois... Trois valets parurent.

— Reconduisez, monsieur Felton...

Le geste méprisant dont les paroles de la grande dame furent soulignées blessa plus douloureusement l'Anglais que ne l'aurait fait un poignard...

John Felton, arrivé sur le seuil, se retourna. Dans un regard terrible il réunit la belle duchesse Marie et le séduisant Buckingham ; puis s'éloigna...

— Pourquoi l'avoir épargné, madame ?

— Vous ne pouviez pas descendre jusqu'à croiser le fer avec ce misérable...

— C'est exact !

— D'autre part, il me répugnait de le voir tomber, ici, sans défense.

— Cet homme se vengera, madame... Je connais son caractère vindicatif... C'est un serpent auquel, malgré vos prières, j'aurais dû écraser la tête...

La duchesse prit le parchemin rédigé par d'Embuscade et le capitaine Chafouin.

— Cette lettre, mon cher duc, vous appartient de droit.

Buckingham saisit le faux que lui tendait Mme de Chevreuse ; puis le lança dans la cheminée où les flammes l'anéantirent.

La confidente de la reine souriait à cet homme qu'elle avait injustement fait souffrir...

George de Villiers s'agenouilla devant elle et lui baisa les mains...

X

— Les préparatifs en vue de secourir La Rochelle étaient à la veille d'être achevés... Le duc de Buckingham, toujours épris de la belle duchesse Marie, venait d'avoir un long entretien avec Soubise et d'autres gentilshommes du parti huguenot. Il se disposait à quitter le cabinet dans lequel avait eu lieu la réunion, lorsque — traversant un sombre vestibule — il fut brusquement frappé d'un coup de couteau dans la poitrine.

Sans prononcer d'autres mots que :

— Le lâche m'a tué (*historique*).

Il tomba ; tira le couteau de la blessure ; puis rendit le dernier soupir.

Personne n'avait vu porter le coup...

Un gentilhomme anglais trouva près de la porte un chapeau, dont le fond contenait un papier cousu, où l'on avait écrit quelques lignes de la remontrance des

Communes, qui déclaraient Buckingham ennemi du royaume (*historique*).

On en conclut aisément que le chapeau appartenait à l'assassin ; mais il restait à vaincre la difficulté de le connaître car son nom ne se trouvait pas dans l'écrit ; et il était fort vraisemblable qu'une prompte fuite l'avait déjà conduit assez loin pour n'être pas trouvé nu-tête.

Au milieu du tumulte occasionné par un tel drame, le colonel Thomas Fryar aperçut un homme sans chapeau qui affectait de se promener fort tranquillement devant la porte.

— Voici le misérable qui a tué le duc, — s'écria l'officier...

— Oui !... C'est moi.

— A mort ! ! !

— Vengeons le duc ! ! !

s'écrièrent les officiers qui voulurent transpercer l'assassin.

— Je suis prêt à mourir... Tuez-moi !... Je me nomme John Felton... Je mourrai heureux... Ma mission est accomplie...

Le sang coulait déjà par les blessures dont son corps fut criblé.

Thomas Fryar, aidé de plusieurs gentilshommes, s'opposa à un meurtre qui eut empêché la Justice d'interroger l'assassin.

Felton, transporté dans une salle voisine de celle où reposait le corps du duc, sourit lorsqu'on lui déclara que sa victime n'était que blessée...

— Je sais trop bien que le coup porté par moi termine vos espérances.

— A l'instigation de qui vous êtes-vous rendu coupable de cette horrible action ?

— Colonel Thomas Fryar, épargnez-vous la peine de cette recherche... Sachez que personne au monde n'avait assez d'ascendant sur moi pour m'inciter à commettre l'action décisive dont je suis l'auteur.

— Quelqu'un était-il instruit de vos sinistres projets ?

— Personne, colonel, je vous le jure!... Ma résolution n'est venue que de moi-même et du mouvement de ma propre conscience... Faites rechercher mon chapeau et vous trouverez, attaché à la coiffe, un parchemin sur lequel j'ai, en quelques lignes, exposé les motifs qui armaient mon bras.

— Pourquoi avez-vous pris soin d'écrire ces déclarations qui, placées dans votre chapeau, ne pouvaient que vous désigner à la Justice ?

— Je m'attendais à périr dans l'entreprise, et je voulais que l'Angleterre sache pourquoi je tuais ce ministre dont les prodigalités la conduisaient vers une ruine certaine...

*
* *

Après la mort de Buckingham, le commandement de la flotte et de l'armée avait été confié au comte de Lindesey, qui, s'étant rendu devant La Rochelle, fit quelques tentatives pour rompre la digue et s'ouvrir un passage dans la ville ; mais la lenteur des Anglais avait donné le temps de finir et de fortifier cet ouvrage ; et les Rochellois, voyant échouer leurs dernières espérances, prirent le parti forcé de se rendre à discrétion, sous les yeux même de l'amiral anglais.

*
* *

Grâce au désordre qui suivit la mort de Buckingham, personne ne remarqua qu'un homme portant le fantaisiste uniforme de capitaine de partisans, avait prestement ramassé le couteau dont s'était servi l'assassin et, dissimulant son larcin sous les plis d'un manteau, s'éloignait à grands pas.

Chafouin — car c'était lui — avait été avisé par Felton du meurtre qui allait être perpétré... Ses encouragements n'avaient pas été sans influence sur les projets de John.

Le capitaine Ignace rejoignit le baron d'Embuscade et le mit au courant du terrible événement. Comme preuve à l'appui de ses dires, il lui montra le couteau poissé de sang...

— Nos relations avec Felton doivent être connues de la police anglaise... Je crois sage de nous éloigner, sans perdre une seconde d'un sol qui devient brûlant, sous nos pieds.

— Marquis, j'allais vous faire une semblable proposition... Le cutter de Bernigousse croise, sous pavillon Espagnol, à l'endroit convenu... Gagnons la côte... Faisons cette nuit les signaux d'usage...

— ...Des feux disposés en losanges...

— ...Une barque viendra aussitôt nous prendre à l'endroit où nous abordâmes l'an dernier...

— Puis : en route pour la France...

Les préparatifs des deux compères ne furent pas longs... Moins d'une heure après avoir décidé de quitter Londres ; ils se dirigeaient vers la crique où, chaque mois, le capitaine Bernigousse venait chercher « le rapport » afin de le remettre au cardinal de Richelieu... Il était chargé, par ce dernier, de verser des sommes relativement élevées entre les mains de ceux qui espionnaient pour servir sa politique...

— Et la duchesse de Chevreuse !... Qui la surveillera ?...

— Mon cher Capitaine, la mort de Buckingham retire toute valeur aux actes de la duchesse... Ne nous inquiétons plus d'elle...

— C'est vrai !...

Vers une heure du matin le capitaine Bernigousse recevait d'Embuscade et Ignace à son bord ; puis faisait aussitôt voile pour la France.

Chafouin, appuyé contre le bastingage, songeait que le poignard d'un meurtrier pouvait priver la France d'un homme tel que Richelieu...

— Le cardinal porte une cotte de mailles, — murmura-t-il en se faisant allusion à l'attentat commis par Marie des Chapelles. (*La Rosée Rouge.*)

Le capitaine Ignace sourit en revoyant — par la pensée — l'horrible grimace que fit dame Gertrude lorsqu'il lui noua ses doigts nerveux autour du cou... Il avait appris avec soulagement par le lieutenant-criminel que le corps de la vieille femme avait été précipité dans les oubliettes du château de Vincennes... Son crime demeurait un secret entre lui et son protecteur dont la puissance et la faveur augmentaient chaque jour...

Richelieu récompensait généreusement les hommes qui servaient sa politique sans oser la discuter...

*
* *

Le cutter de Bernigousse, qu'un vent favorable poussait vers la France, entra après deux jours de traversée dans le port de Boulogne.

Ignace et d'Embuscade se procurèrent des chevaux afin de gagner La Rochelle à franc étrier...

Quelques jours après avoir quitté Bernigousse ils se présentaient devant le cardinal-duc.

Malgré son énergie sur lui-même, Richelieu fut impuissant à retenir cette exclamation :

— Vous !...

— Le motif qui nous a fait quitter l'Angleterre est bien puissant, Monseigneur.

— Plus puissant que l'ordre que je vous avais donné d'y rester, capitaine ?

Le visage du ministre était redevenu sévère...

— Le duc de Buckingham est mort, — déclara le marquis d'Embuscade.

Richelieu laissa deviner une joie immense...

— La preuve ?...

— Voici, Monseigneur.

Et Chafouin dégagea le couteau du mouchoir dans lequel il l'avait précieusement enveloppé.

— Qui a commis ce meurtre ?

— John...

— ... Felton, Monseigneur.

— Donnez !...

Richelieu prit le mouchoir et le couteau maculés du sang de l'homme qu'il avait férocement détesté... Il contempla les taches devenues brunes qui souillaient le linge et la lame ; puis il serra le tout dans un des tiroirs de sa table de travail.

— Et madame de Chevreuse ?. .

— Toujours à Londres, Monseigneur. Elle doit y pleurer la mort d'un homme qui l'adorait, — répondit d'Embuscade.

Richelieu haussa les épaules :

— Faites-moi le récit détaillé des événements qui viennent d'avoir l'Angleterre pour théâtre ?

Les policiers obéirent. Pendant plus d'une heure le ministre les écouta sans les interrompre.

— C'est bien ! messieurs, vous serez récompensés selon vos mérites.

Chafouin et d'Embuscade s'inclinèrent.

— Allez prendre un repos bien mérité. Puis demain, à pareille heure, je vous recevrai... Allez !...

Quelques jours après un gentilhomme, dévoué au cardinal, fut introduit auprès de la reine Anne d'Autriche. Celle-ci était entourée de ses dames d'honneur.

Le messager s'agenouillant présenta le coffret à Sa Majesté.

— De la part de Son Eminence le Cardinal duc de Richelieu, — dit-il.

— J'ai peur. — murmura la Reine...

Elle surmonta son émotion... De ses mains tremblantes elle prit le coffret ; fit jouer la minuscule clef d'or qui se trouvait dans la serrure... Le couvercle céda...

Sur le velours bleu, dont l'intérieur du coffret était capitonné, reposaient un linge et un couteau couverts de taches brunes...

La frayeur de la reine fut si grande que le coffret, lui échappant, tomba sur le tapis.

— Ciel ! — s'écria la pauvre femme — que signifient ces objets..., ce sang ?

Une draperie soulevée livra passage au roi dont le visage rayonnait.

Louis XIII, qui avait entendu les paroles prononcées par sa femme, dit avec force.

— Le duc de Buckingham est mort assassiné !

L'infortunée reine comprit qu'il fallait surmonter son effroyable douleur afin de ne pas trahir, devant l'époux, la tendresse qu'elle avait vouée au malheureux George de Villiers...

— Nous prierons Dieu pour le repos de son âme, Sire, — murmura-t-elle.

Louis XIII, satisfait du coup porté à sa femme, quitta la pièce dans laquelle cette poignante scène venait d'avoir lieu.

Le messager, s'étant relevé, attendait qu'Anne daignât lui adresser la parole.

— Pourquoi le cardinal m'a-t-il envoyé ce poignard ?

— Cette arme a servi à l'assassin... Le duc blessé à mort l'a retirée de la plaie... puis a rendu le dernier soupir... Son Eminence a pensé être agréable à Votre Majesté en lui faisant parvenir cette relique... Le sang qui souille ce mouchoir est celui de l'infortuné duc...

La reine poussa un cri de douleur et tomba évanouie dans les bras de Mesdames de Montbazon et de Guéménée...

La mission de l'envoyé de Richelieu avait réussi...

XI

Le comte Pierre de Montorcy se désespérait depuis sept années dans une des chambres voûtées de la Bastille, lorsque sur un ordre émanant de Richelieu il fut transporté au Donjon de Vincennes.

Les questions adressées aux gens chargés de le garder restèrent sans réponse.

Les deux semaines passées dans sa nouvelle « résidence » n'avaient apporté aucun espoir de liberté au malheureux gentilhomme...

La Galette
TH. LECOULTRE

« Mes amis m'ont abandonné... ou sont morts... La reine dont l'image adorée, toujours présente à mes yeux, m'aide à supporter ma captivité, quel sort lui ont réservé ses bourreaux ? » songeait-il.

Les biens du comte ayant -- par ordre de Richelieu — été mis sous séquestre, le cuisinier Thomas Blondel et les autres serviteurs avaient été obligés de chercher un nouveau maître...

Blondel avait été engagé par le célèbre Raguenau, rôtisseur-pâtissier dont les produits faisaient les délices des parisiens.

Les valets Florimond et Labranche, après avoir erré dans Paris à la découverte d'une situation digne de leurs talents, furent très heureux de rencontrer un « pays » — ils étaient Picards — qui leur conseilla de se présenter chez le cabaretier qui fournissait le manger et le boire aux prisonniers du château de Vincennes.

Les deux compères n'eurent garde de laisser échapper cette aubaine. Ils se rendirent à la mansarde qu'ils habitaient en commun, quittèrent leur livrée de valets pour endosser les habits qu'ils portaient le jour de leur arrivée à Paris ; puis ils se mirent en route pour Vincennes.

Ils trouvèrent facilement le cabaret du « VRAI RÉGAL » « *Bouzu, fournisseur du château* ».

C'était écrit en lettres d'or sur la tôle qui se balançait au-dessus de la porte principale.

Le cabaretier était assis devant sa boutique.

— Maître Bouzu, s'il vous plaît ?

— Le premier cuisinier du monde, s'il vous plait ?

Bouzu examina en souriant ces deux gaillards dont l'air gauche et l'accent de terroir dénotaient l'origine.

— Je suis Bouzu...

— Bonjour, m'sieu Bouzu...

— Vot' santé est bonne, m'sieu Bouzu ?

— Bonjour, mes garçons. Mais ce n'est pas pour vous informer de ma santé que vous êtes venus de Picardie ?...

— Faut-y qu'vous soyez malin pour avoir deviné que nous étions Picards...

— On nous avait bien dit que vous étiez un homme de génie... pour la cuisine... Et quand on a du génie pour la cuisine... on en a pour tout.

Le cabaretier se rengorgea.

— Enfin !... que voulez-vous de moi ?

— Nous arrivons de Picardie pour apprendre un état... Un grand seigneur de notre pays nous a conseillé de nous adresser à vous et de solliciter vos conseils pour le choix d'une carrière...

— « Allez voir le célèbre Bouzu, nous a-t-il dit, il vous fera entrer chez un de ses confrères parisiens ».

— Le grand seigneur a dit cela ?

— Oui, maître Bouzu !...

— Je le jure !...

Cette fois le fournisseur du château devint cramoisi.

— Et comment nommez-vous ce grand seigneur ?

— Le comte... hum !...

— Le comte de Beauvaisy, — déclara effrontément Labranche.

— J'ai entendu parler de ce noble seigneur, — dit Bouzu qui ne voulut pas être pris en flagrant délit de manque de mémoire.

« Il a plus de chance que nous » — pensèrent les Picards.

Bouzu réfléchit durant une minute, puis :

— Comme vous m'êtes adressés par un gentilhomme dont je me souviens fort bien maintenant... je vous propose d'entrer chez moi... Vous aiderez à la cuisine, à l'écurie et au service des prisonniers...

— Que de reconnaissance !

— Servir sous les ordres du célèbre Bouzu ! .. Quel honneur !

Quant aux gages... nous en recauserons lorsque j'aurai pu me rendre compte de votre savoir faire...

— Nous avons servi en auberge... là-bas...

— Vous serez content de nous.

Je le souhaite, mes garçons... Avez-vous déjeuné ?

— Cassé la croûte seulement, maître.

— Entrez !...

Bouzu conduisit ses nouveaux valets à la cuisine.

Une femme d'une quarantaine d'années s'y trouvait.

— Denisette, voici deux gaillards qui vont remplacer Poilu et Buteux... Donne-leur une tranche de jambon, du pain et un cruchon de piquette...

— Bien, maître.

— Vos noms ?

— Labranche, maître.

— Florimond, maître.

— Eh bien ! Labranche et Florimond, vous obéirez à dame Denisette comme à moi-même.

— Avec joie, maître...

— ... et respect, monsieur Bouzu.

— Régalez-vous, mes gars, — dit la solide et fort appétissante commère qui trouvait les Picards à son goût...

Depuis près de sept années, Lafleur et Florimond partageaient avec maître Bouzu, les fatigues du service et les faveurs de Denisette.

Un jour, l'exempt spécialement chargé de surveiller Montorcy avait profité de quelques heures de liberté pour assister à l'exécution du maréchal de Marillac... Juché sur une des bornes de la place de Grève, il ne perdait pas une des phases du drame, lorsqu'une poussée de la foule le précipita de son « piédestal » improvisé... Il tomba si malheureusement que son bras fut cassé...

Force lui fut donc de prier maître Bouzu de porter le panier dans lequel — deux fois par jour — il plaçait les aliments et le vin du prisonnier.

Le cabaretier se prêta de bonne grâce à cette combinaison, mais, comme au bout d'une semaine le bras de l'exempt n'était pas encore guéri, le bonhomme maugréa.

— Donnez-moi un de vos aides.

Cette proposition fut acceptée par Bouzu.

Lorsque Labranche reconnut son ancien maître dans ce prisonnier aux traits flétris, il manqua de laisser choir le panier aux provisions...

Un regard du comte lui rendit son sang-froid...

— Voici un morceau de langue fumée...

— On ne parle pas au prisonnier, — dit l'exempt.

— J'ignorais, monsieur l'exempt... Faites excuses...

Labranche plaça sur la table, le morceau de langue fumée, un chapon rôti, un plat de lentilles, quelques pâtisseries et du pain.

Deux bouteilles de Bourgogne furent également extraites de ce panier d'abondance.

Une nappe, une serviette, des couverts et un gobelet avaient été fournis par « le château ».

— Monsieur l'exempt voudra-t-il demander au prisonnier ce qu'il désire pour le souper?

— N'est-ce pas « jour de pâté » ?

— Jeudi !... oui, monsieur l'exempt.

— Monsieur le comte désirera-t-il un pâté pour son souper ? — demanda l'officier de police.

— Oui !... Maintenant laissez-moi déjeuner...

L'exempt et le valet quittèrent la chambre...

— Il n'est pas aimable, votre comte, — fit remarquer Labranche.

— Que m'importe !... Il me donne une partie de l'argent que, par ordre du cardinal, monsieur de Laffemas lui remet chaque mois... Tout est donc pour le mieux. . J'ai remarqué que les prisonniers les plus insolents étaient ceux qui payaient le mieux les petits services qu'un fonctionnaire de mon grade est à même de leur rendre.

— S'ils paient — c'est différent, monsieur?... Comment vous nommez-vous donc ?

— Tu es curieux, mon garçon...

— Non !... C'est pour savoir... simplement.

— Et tu n'appelles pas cela de la curiosité ?

— C'est pour savoir simplement si vous n'auriez pas des parents qui soient picards...

— Je m'appelle La Grenaille et toute ma famille est parisienne...

— Faites excuses !...

Labranche et l'officier de police étaient arrivés à la dernière marche de l'escalier.

— A ce soir, mon garçon.

— A ce soir, monsieur *de* La Grenaille...

— L'exempt fut flatté.

Montorcy, dont l'Espérance venait de visiter la solitude, dina avec l'appétit d'un homme qui renaît à la vie.

Mille idées se heurtèrent dans son esprit... A travers les vapeurs occasionnées par l'absorption des deux bouteilles de bourgogne, il vit luire le flambeau de la liberté reconquise...

Des noms d'amis et de maîtresses vinrent à ses lèvres. L'image d'Anne d'Autriche lui apparaissait resplendissante et majestueuse.

Labranche, dès son retour au cabaret, entraîna Florimond au jardin...

— Qu'est-ce que tu as donc?

— Je l'ai vu !...

— Qui ?...

— Lui !...

— Le grand Turc ?

— Monsieur le comte...

— Notre maître ?

— Oui !

— Où ?

— Là !... En face.

— Dans la forteresse ?

— Oui !

— Prisonnier ?

— Je ne pense pas qu'il y demeure de plein gré...

Labranche mit son pays au courant de la courte scène qui avait eu lieu dans le donjon.

— Tirons-le du cachot, — dit résolument Florimond.

— Le moyen ?

— Nous le trouverons !...

— Hum !...

— Avertissons monsieur de Tréville.

— Le commandant des mousquetaires fera grand tapage... Le cardinal qui n'est pas sourd entendra... et le comte sera transporté dans une autre forteresse.

— Thomas Blondel nous donnerait peut-être un bon avis...

— Il gâterait tout par ses bavardages.

— Que faire !

— Causer avec Saturnin Lafleur... Il est rusé

comme un singe... Son sac renferme plus de cent tours...

— Tu as raison, pays... Tu profiteras de ta journée de congé, qui tombe lundi prochain pour te rendre à Croissy où Lafleur est établi cabaretier.

— J'irai ! — déclara Labranche...

A l'heure du souper, Bouzu remit aux policiers chargés du service, les corbeilles destinées aux prisonniers...

— Labranche !

— Maître ?

— Voici le dîner de *ton* « pensionnaire »... Pâté, jambon froid, gelée de pommes, pain doré, deux bouteilles de bourgogne... Avec un pareil menu, la fringale ne l'empêchera pas de dormir.

— A moins qu'il n'ait deux estomacs et quatre appétits, maître.

— Voici une bouteille de vieux bourgogne et un pâté que tu auras soin de donner à La Grenaille...

— Foi de picard !... l'exempt se traite bien.

— Il est ivrogne et gourmand.

— Qui n'a pas son péché mignon, maître ?...

— La Grenaille en a deux...

— L'exempt fit entrer le valet dans la cellule qui lui servait de logement.

— Je suis ici chez moi, maître Labranche, chaque fois qu'il vous déplaira de boire seul, vous n'aurez qu'à y monter votre vin ; je vous ferai raison.

— Avec joie, monsieur *de* La Grenaille... On ne boit bien qu'à deux.

« Toi, mon bonhomme, je te tiens par Bacchus — pensa le picard.

L'exempt couvait de regards gourmands le pâté et la poudreuse bouteille déposés sur la table.

Il lui semblait douloureux de différer — ne fut-ce que d'un instant — la minute où la croûte dorée du pâté se briserait sous ses dents; où le cru bourguignon rougirait sa trogne de franc buveur.

— Comment va ce maudit bras, monsieur *de* La Grenaille ?

— Il me fait souffrir « en diable ».

— Je vous donnerai une recette infaillible...

— Vraiment ?

— Elle a guéri mon grand-oncle qui s'était brisé la jambe...

— Et vous me l'indiquerez ?

— Puisque je viens de vous le promettre...

— Quand ?

— Dès la semaine prochaine...

— Pourquoi pas ce soir ?

— Il faut d'abord que j'aille dans le bois de Vincennes me livrer à la cueillette des plantes nécessaires à votre guérison...

— Je vous revaudrai cette peine.

— Que ne ferais-je pas pour un officier de Son Eminence...

« Décidément ce garçon est précieux » — pensa le policier.

— Nous montons vers le comte, Monsieur l'exempt ?

— Il le faut bien, hélas !

— Pourquoi cette exclamation ?

— Parce que je serai forcé d'attendre au moins dix minutes avant de me mettre à table... et la fièvre provenant de ma blessure me donne soif...

— Le devoir avant tout, monsieur de La Grenaille.

Celui-ci exhala un soupir... Puis ayant décroché un trousseau de clefs suspendu à la muraille, il quitta la cellule.

Le comte resta impassible devant les deux hommes...

La Grenaille dévorait — des yeux — le jambon rose, le pâté, la gelée de pommes... Les deux bouteilles coiffées de mousse le firent loucher.

Montorcy surprit ce regard de convoitise.

— Prenez une de ces bouteilles, maître La Grenaille, vous la viderez à la santé du roi de France.

— Monsieur le comte se prive...

— Il m'en restera une... Acceptez... pour m'être agréable...

— ... C'est pour vous être agréable, monsieur le comte, que je dégusterai ce vin précieux...

— Ma nappe ?... La serviette ?... Je n'ai pas de couvert... Que signifie ?

— Monsieur le comte me pardonnera, j'ai oublié tout cela dans ma chambre...

— Je cours ! — s'écria Labranche.

— Non !... vous ne trouveriez pas...

La Grenaille s'empara de *sa* bouteille et quitta la cellule.

— Courage, monsieur le comte, nous vous délivrerons...

— Qui veille sur moi?

— Tous vos amis... Silence et courage...

— Que s'est-il passé en France depuis sept années?... Le roi?

— Toujours faible...

— La reine?

— Persécutée...

— Richelieu?

— Plus puissant que jamais, grâce à la mort de Buckingham et à la prise de La Rochelle...

— Le duc est mort?...

— Méfiance!...

Labranche fit un bond qui mit plus de trois mètres de distance entre son interlocuteur et lui.

L'exempt, dont les lèvres étaient humides de vin, entra porteur des objets réclamés...

Le valet dressa le couvert...

— Merci!... A demain. — dit le comte.

Labranche et La Grenaille quittèrent le noble prisonnier.

L'exempt, que son souper attirait, ne s'amusa pas à causer avec le valet de maître Bouzu...

Celui-ci regagna vivement le cabaret où la soupe aux choux était servie...

Ainsi que cela avait été convenu entre les deux picards, Labranche se rendit à Croissy où son arrivée fut saluée par les cris de joie des Lafleur.

— Il y a du nouveau, mes amis.

Le ton mystérieux du valet les intrigua.

Saturnin envoya sa fille dénicher les œufs du poulailler. Pendant que Câteau préparait le déjeuner, il fit entrer son ami dans sa chambre à coucher.

— Parle sans crainte, maintenant.

— Voici la chose : Le comte de Montorcy est prisonnier à Vincennes. Il faut le délivrer... As-tu une idée?

— Dieu soit béni !... Qu'il permette également de retrouver le baron de Nieuville, mon maître... Mais conte-moi par le menu ce qui se passe au donjon. D'après ce que tu me diras je dresserai un plan.

— Volontiers !...

Labranche fit un récit scrupuleusement détaillé des incidents des jours derniers... Quand il eut fini, Saturnin s'écria :

— Rien n'est plus simple !...

— Tu as déjà trouvé?

— Ecoute !... Tu emporteras un cruchon d'un liquide que je vends aux apothicaires parisiens. Il est composé d'eau-de-vie et de plantes qui empêchent les plaies de pourrir... Tu en mettras des compresses sur le bras de l'exempt... Naturellement il sentira une excessive brûlure... Si le bonhomme fait mine de s'évanouir tu lui feras respirer le contenu d'une petite fiole que je te remettrai...

— S'il ne s'évanouit pas?

— Tu lui feras respirer tout de même...

— Qu'arrivera-t-il?

— Il s'endormira... Tu prendras ses clefs... Le reste

te regarde... Il faut que celui qui respirera soit à jeun, sans cela il mourrait étouffé, asphyxié...

— Cette nuit 3 juin 1632, entre onze heures et minuit, le comte aura quitta sa cellule.

— Des amis l'attendront à une centaine de pas du château, à gauche du cabaret de Bouzu.

— C'est juré !

— C'est juré !

— Tôpe là ! Compère.

— C'est topé !

Les deux hommes se tapèrent dans la main.

— Pas un mot devant les femmes.

— C'est gentil ;... mais bavard.

— Et ta Marton, tu ne veux donc pas la marier ?

— C'est elle qui désire ne jamais nous quitter.

— La brave fille !... Quel est donc son âge ?

— Elle aura vingt-huit ans la veille de Noël.

— Si je réussis à sauver mon maître, et qu'une forte somme récompense mon dévouement, je te demanderai la main de ta fille...

— Je ne suis pas riche... Marton n'aura qu'une maigre dot...

— Elle a son courage... Comptes-tu cela pour rien, Lafleur ?

— C'est une bonne ouvrière... Çà, c'est vrai !... Et sage, économe... Une perle rare, comme on dit... Seulement...

— ... Seulement ?

— ... Il faudra que tu lui plaises... Sans cela, au diable le mariage !...

— Je me ferai séducteur, foi de franc Picard !...

— On verra !... On verra !... En attendant allons déjeuner...

— De grand appétit... La course de Vincennes à Croissy m'a mis en fringale.

— Tu n'as pas fait tout le chemin à pied ?

— Sifflay, le marchand de chevaux établi derrière notre cabaret, avait quatre bêtes à livrer à Rueil ; j'en ai profité pour grimper sur l'une d'elles.

— Et pour t'en retourner ?

— Je trouverai bien une charrette se dirigeant vers Paris... Il faut que je sois de retour à Vincennes pour l'Angélus...

— Alors, à table !... puis tu te mettras en route avec le précieux liquide placé dans une gourde de pèlerin.

A sept heures du soir, Labranche fit son apparition sur le seuil du cabaret.

— Tu arrives bien, mon garçon ; j'allais monter le souper du prisonnier... Evite-moi cette corvée.

— Avec empressement, maître Bouzu.

— Qu'est-ce que tu rapportes dans cette gourde ?

— Une précieuse drogue destinée à guérir toutes les maladies...

— Tu devrais guérir ce pauvre La Grenaille... Lorsque j'ai porté le déjeuner du gentilhomme, l'infortuné exempt gémissait à fendre l'âme... Le barbier-apothicaire lui a bien remis son bras en place ; mais il ne lui a donné aucune drogue pour éviter l'inflammation... Et dame avec un sang d'ivrogne comme celui de La Grenaille, le mal à beau jeu...

— Je guérirai monsieur l'exempt, maître, puisque vous me le permettez...

— Tu lui remettras cette bouteille de vin d'Arbois...

— Oui, maître.

— Et ce morceau de langue fumée.

— Oui, maître.

— Avec ce que le prisonnier a laissé de son déjeuner, La Limaille fera un succulent souper.

— Vous le gâtez, maître.

— C'est un camarade d'enfance... Un vrai parisien comme moi...

— Je comprends, alors, pourquoi vous « soignez » sa gourmandise et son ivrognerie... Le guichetier est-il également votre pays, maître ?

— Pourquoi me fais-tu cette question ?

— Parce qu'il est ivre tous les soirs.

— Non ! mais l'argent qu'il gagne est converti en boisson...

— Il doit en gagner beaucoup ; car sa trogne est lie de vin.

— Assez ! tu me fais bavarder... En route pour le château !...

Labranche mit la corbeille sur sa tête et se dirigea vers la prison d'Etat.

— Bonsoir, compère Mousqueton.

— Bonsoir, mon garçon, — répondit le guichetier. — On ne t'a pas vu ce matin ?

— Je suis allé me promener...

— Et où donc... sans être trop curieux ?

— Chez un de mes amis qui tient un cabaret à Rueil...

— Un cabaret !... Tenir un cabaret !... Quel beau rêve se réaliserait pour moi si j'étais cabaretier...

— Il a une eau-de-vie... Ah, monsieur Mousqueton, quelle eau-de-vie... Un velours... Un véritable velours sur la langue...

— Tu me mèneras un jour chez ton ami... A mon premier congé, veux-tu?...

— Avec plaisir !... Vous en boirez de sa vieille eau-de-vie... Du reste je vous en ferai goûter un de ces soirs... J'en ai rapporté un flacon...

— Viens ce soir !...

— Je ferai mon possible... Mais, j'y songe, les règlements interdisent l'entrée du château une fois le couvre feu sonné...

— Je t'ouvrirai le guichet... Personne n'en saura rien...

— Peut-être bien que ça pourra se faire... Au revoir je monte, car le prisonnier doit mourir de faim.

Le valet fit une nouvelle — mais courte — station chez La Grenaille auquel il remit le vin et la langue fumée ; puis les deux hommes se dirigèrent vers la cellule occupée par Montorcy.

L'exempt qui souffrait horriblement de son bras, pria Labranche de dresser le couvert...

Le picard trouva moyen de murmurer à l'oreille du comte :

— Onze heures... ce soir.

Montorcy pensa mourir de joie... « Dans moins de

ROLAND
M. LECOULTRE

trois heures il serait libre ». L'exempt et le valet quittèrent la cellule.

— Prenons des forces, — murmura le comte, — je vais sans doute avoir à fournir une longue chevauchée... Depuis sept ans je dois être horriblement rouillé...

— Mon brave Labranche, je n'en puis plus ! — s'écria l'exempt. Ce bras me torture... Voilà une semaine que je n'ai pu fermer l'œil... Quand me soignerez-vous ?

— Cette nuit !...

— Vous ne pourrez pénétrer ici après le couvre-feu...

— Mais il y a un moyen...

— Dites vite ?

— Pour que mon élixir produise pleinement son effet, il est indispensable que le blessé soit à jeun...

— A jeun ?

— C'est in-dis-pen-sa-ble...

— Diable !...

— Ne soupez pas... Comme cela je n'aurai nul besoin d'attendre que votre digestion soit faite pour opérer...

— Ne pas souper !...

— Dame !...

— Labranche ?...

— Monsieur de La Grenaille ?

— Tu m'es dévoué ?

— En douteriez-vous ?

— Non !...

— Merci !...

— Si je vous faisais rester ici malgré le règlement, seriez-vous discret ?

— Oui !... comme une tombe.

— Mais il y a encore un danger à courir...

— Lequel ?

— Mousqueton parlera... Cet ivrogne nous jouerait le mauvais tour de nous désigner au gouverneur... et alors : en route pour les oubliettes...

— Il n'y a qu'à compromettre Mousqueton...

— Très bien !... Je l'invite à monter ici sous prétexte de boire un verre de vieux Bourgogne ...et il devient notre complice...

— D'autant plus qu'une fois le pansement opéré je regagnerai l'écurie dans laquelle je couche en compagnie de Florimond... A tout à l'heure, prévenez le guichetier qu'il y aura festin dans votre cellule... J'apporterai de l'eau-de-vie...

— ...Je vais souper en attendant l'eau-de-vie.

— Moi aussi, monsieur de La Grenaille.

— A ce soir !

— Quelle heure ?

— Dix heures, garçon... Ma digestion sera terminée...

— A dix heures, monsieur de La Grenaille.

« A l'autre maintenant ». — pensa Labranche.

Le guichetier attendait le picard.

— Ce soir après le couvre-feu tu m'apporteras la fameuse bouteille.

— C'est risquer beaucoup...

— Les soldats du poste seront trop occupés à jouer aux dés pour nous surveiller.

— Leur capitaine?

— Il passe la nuit chez la belle Rose Sifflay dont le mari est parti en tournée ce matin.

— Vous m'en direz tant...

— Je vais graisser les serrures et les gonds du guichet afin d'éviter le plus léger grincement...

— A dix heures, entrebaillez la porte... je serai là.

— L'eau-de-vie également?

— L'un portant l'autre...

— A ce soir, Labranche.

— A ce soir, monsieur Mousqueton.

Le valet dîna de grand appétit et prétexta de sa fatigue pour gagner l'écurie où Florimond ne tarda pas à venir le joindre.

Il le mit rapidement au courant des événements.

— Auras-tu besoin de moi là-bas :

— Non, Florimond... Tu te tiendras éveillé, prêt à ouvrir la porte de l'écurie lorsque j'y frapperai... Déshabillons-nous et simulons le sommeil...

Ils ronflèrent au moment où le cabaretier — muni d'une lanterne — faisait la ronde du maître.

— Comme ils dorment... En voilà qui ne conspirent pas... Ça se devine. — murmura-t-il.

Il quitta l'écurie dont il poussa simplement la porte.

Labranche revêtit ses vêtements ; ...puis quand dix heures sonnèrent, il quitta l'écurie et se dirigea vers le château...

La poterne était entrebaillée...

— Est-ce toi garçon ?

— Oui, monsieur Mousqueton.

— Entre !...

— Avec joie et prudence.

— L'eau-de-vie ?

— Voilà !

Le picard lui remit une topette de grès...

— Merci !... La Grenaille m'attend la haut ! Je vous rendrai visite dans un instant...

Pendant que le valet gravissait sans bruit les marches de l'escalier de pierre, le guichetier débouchait la topette...

— Hum !... quel parfum...

Il porta le goulot à ses lèvres et but une longue lampée.

— Que Dieu fait de bonnes choses.

De goulées en lampées la topette fut vide.

— Déjà ! — gémit l'ivrogne dont les yeux allumés par l'alcool clignotaient étrangement — Bast !... j'en trouverai là haut...

Il essaya de quitter son siège...

Inutiles tentatives... Efforts superflus. Les jambes paralysées par l'alcool refusèrent tout service... Des forces... Il me faut... boire de l'énergie.

Il allongea le bras vers une bouteille de vin à peine entamée... Puis, portant le goulot à ses lèvres, il but...

Soudainement ses pupilles se dilatèrent... La bouteille lui échappa et tomba sur la table où elle se brisa... La bouche de l'ivrogne se tordit dans une effroyable convulsion... Un râle en sortit... puis la tête se pencha...

La congestion avait accompli son œuvre mortelle.

Lorsque Labranche fut entré dans la cellule de l'exempt, il se rendit compte que ce gourmand personnage avait dévoré toutes ses provisions ; tari les bouteilles...

— Avez-vous digéré, monsieur de la Grenaille ?

— Presque !... Il, il... était huit heures lorsque j'ai eu fini... mon... ma dernière croute... de... de... pain... vidé... la... dernière bouteille...

« Il est ivre » — pensa le picard...

— Vous... allez me... me guérir... mon ami... mon sauveur ?...

— Oui !...

Labranche tira un flacon d'élixir d'une de ses poches, et une topette d'eau-de-vie de l'autre . Il posa le tout sur la table...

— C'est bon à... boire ?

— Oui !...

— Do... donnez-en à ce... bon... La... La... Grenaille.

— Plus tard... Quand vous serez pansé...

— Tout de suite... mon... bon... Labran... bran... che...

— Non !...

— Tu... es... cruel... Aïe !... Aïe !

Tout en parlant le valet avait retiré la bande qui entourait le bras du malheureux...

La chair apparût boursouflée... rougeâtre...

Il y posa lourdement le doigt...

— Aïe !... mille... mille... tonnerres... Vous... me tortu... tu... rez...

— Prenez des forcess... Buvez du courage...

Il plaça le goulot de la topette contre les lèvres de l'exempt.

— Bon !... Encore !... C'est... bon... bon... bon...

— Assez !...

Labranche replaça le flacon sur la table et prit celui contenant l'élixir...

Il le déboucha et imbiba une compresse qu'il étendit sur le bras; puis, vivement, replaça la bande...

— Que... je... souffre... Ça me brûle !

— C'est pour éviter la gangrène.

— Je... vais mourir...

— Courage !...

Il plaça la topette contenant l'eau-de-vie dans la main valide de l'exempt...

Celui-ci but une lampée ; puis rendit l'objet en murmurant :

— Pour... Mous... mous... queton... C'est trop souffrir...

Labranche sortit une très petite fiole de sa poche, la déboucha et la passa sous les narines du blessé...

— Je ne veux... pas !...

L'exempt essaya de se lever...

La vigoureuse poigne du valet le força à demeurer assis...

Son bras valide étant emprisonné il tenta de remuer la tête... Le picard lui plaça le flacon plus près encore des narines...

La Grenaille perdit la force de résister ;... des cloches tintèrent à ses oreilles ;... puis ce fut fini...

L'anesthésie était complète.

Labranche remit ses fioles en poche, décrocha vivement le trousseau de clefs suspendu à son clou habituel; puis s'emparant de l'épée, du manteau et du feutre placé sur la couchette de l'exempt, il éteignit la lampe, quitta la pièce dont il ferma soigneusement la porte...

Il gagna l'étage supérieur où résidait le comte.

Celui-ci, dont l'impatience angoissait le cœur, reconnut le pas alerte de son valet. Il souffla sa lampe et vint se placer près de la porte.

La clef tourna dans la serrure... L'huis fut ouverte...

Tout en parlant Labranche avait placé le chapeau sur la tête de son maître... Celui-ci avait rapidement bouclé le ceinturon autour de sa taille et jeté le manteau noir sur ses épaules.

La porte de la cellule fut refermée...

Lorsqu'ils passèrent devant la porte de la pièce où se trouvait La Grenaille, le picard fit glisser le trousseau de clefs par le « Judas » qu'il avait intentionnellement laissé ouvert...

Dans la loge du guichetier, ils trouvèrent Mousqueton immobile... Ils prirent les clefs, la topette vide, et ne s'inquiétèrent pas de l'homme qu'ils supposèrent endormi.

Les soldats du poste reposaient, confiants, dans la solidité des portes de la forteresse.

Labranche, connaissant la clef qui s'adaptait à la serrure du guichet, ne perdit pas une seconde en incertitudes...

Onze heures sonnèrent au moment où ils franchirent le seuil du guichet qui fut refermé...

Quelques instants après ils arrivaient au lieu du rendez-vous.

Mme de Chevreuse, revenue d'exil ; Marie des Chapelles sauvée, grâce au crédit de Pierre Séguier — vêtues en cavaliers, — étaient à cheval... Saturnin et Jonas qui avaient mis pied à terre, tenaient deux chevaux par la bride...

— Est-ce vous, comte ?

— Madame de Chevreuse ?... Que de reconnaissance...

— Plus tard, comte... Le terrain est brûlant ici.

Saturnin Lafleur était déjà en selle.

Montorcy donna l'accolade à Labranche ; puis s'élança sur sa monture...

La cavalcade disparut dans la nuit.

Le valet — le cœur en liesse — se dirigea vers la maison de Sifflay... Il suspendit à la porte le trousseau de clefs emprunté à Mousqueton.

Puis il retrouva son pays, qui interrogea :

— Est-ce fait ?

— Naturellement, puisque je suis encore de ce monde...

L'héroïque picard se déshabilla et s'endormit.

Vers trois heures du matin, le capitaine des gardes s'arracha d'entre les bras de la jolie marchande de chevaux, s'habilla, prit un baiser sur les yeux de sa maîtresse, quitta la chambre et gagna la porte qu'il ouvrit...

Quelle ne fut pas sa stupéfaction lorsqu'il aperçut le trousseau de clefs...

Il s'en saisit...

— *Morbleu !*... Ce sont les clefs de la forteresse, — s'écria-t-il en proie à une terreur subite...

Il ferma la porte de la séduisante Rose et s'élança vers le château.

D'une main tremblante il ouvrit le guichet ; puis pénétra dans le réduit de Mousqueton... et se rua sur malheureux qu'il saisit par l'épaule...

Le cadavre lui apparut dans sa hideur...

— Mort !... Cet ivrogne est mort !

Son plan fut bien vite arrêté :

Le capitaine Roland de Ruys gagna la chambre réservée à l'officier de service. Il défit la couchette ; puis il se dirigea vers le corps de garde.

— Deux hommes ! — commanda-t-il.

— Présent !

— Présent !

répondirent Lamèche et Mitraille.

— Toujours prêts pour le service, mes braves.

— Oui, capitaine.

— C'est notre élément.

Ruys sourit à ces vétérans des guerres de religion.

— Allumez le falot...

Mitraille battit le briquet.

Lamèche prépara la lanterne qui fut prestement allumée.

En route ! — commanda l'officier.

La ronde commença.

Lorsque les trois hommes arrivèrent à la logette du guichetier dont le cadavre, tombé de la chaise, gisait sur les dalles, une triple exclamation retentit :

— L'ivrogne ! ! !

Roland de Ruys, sachant à quoi s'en tenir, avait crié plus fort que ses subordonnés.

Lamèche approcha le falot du visage de Mousqueton...

Mitraille et l'officier se penchèrent :

— Le sang a coulé par les narines... Il y en a aux commissures des lèvres — dit l'officier.

— Il est froid... Son cœur a cessé de battre. — ajouta Mitraille.

— Belle fin pour un ivrogne, — déclara Lamèche.

— Mitraille, restez ici... Lamèche accompagnez-moi jusqu'aux appartements du gouverneur...

... Lorsque ce puissant fonctionnaire apprit la mort du guichetier, il ne se montra nullement étonné de l'événement.

— Ce devait arriver... Guichetiers, geôliers, exempts, finissent terrassés par l'ivrognerie...

Il passa rapidement ses habits.

— Eteignez votre falot... Le jour, même incertain, est préférable à la lueur de cette flamme puante.

Mitraille obéit à l'ordre du gouverneur.

Quand les deux officiers et le soldat eurent rejoint Lamèche toujours en faction devant le guichetier, le gouverneur fit placer le corps sur la couchette dressée dans un angle ; puis il ordonna que La Grenaille lui fût aussitôt amené.

Quatre heures sonnèrent...

Lamèche se rendit dans la cellule de l'exempt... Il vit, par le judas, un spectacle épouvantable :

La Grenaille — assis dans un fauteuil ; la tête renversée sur le dossier ; un bras pendant le long du corps — paraissait mort...

Un rayon de jour pénétrant par une étroite fenêtre éclairait le visage livide, pommelé de taches brunes... Du sang avait coulé par la bouche et les narines. « Comme Mousqueton » pensa Lamèche qui descendit rapidement retrouver ses chefs...

Dès les premières paroles du soldat, le gouverneur et Ruys s'élancèrent dans l'escalier...

Malgré leur courage, ils tressaillirent à la vue de ce cadavre...

— Je ne me croyais pas bon prophète — à si brève échéance — lorsqu'il y a un instant je disais : « Guichetiers, geôliers, exempts, finissent terrassés par l'ivrognerie »... Fatalité !... Deux serviteurs !... La même nuit !... Par goinfrerie... Dorénavant je rationnerai cette engeance...

Le gouverneur était furieux...

Ruys tenta vainement d'ouvrir la porte.

— Le drôle s'est enfermé, monsieur le gouverneur.

— J'ai, chez moi, le double de toutes les clefs du château...

Le trousseau que Labranche avait fait glisser par le Judas était tombé contre l'huis. Il demeurait invisible du dehors.

Au moment où les deux officiers allaient redescendre, le gouverneur s'arrêta.

Ruys l'imita.

— Je veux m'assurer si le Comte est vivant, — déclara le gouverneur. — Le proverbe dit : « Jamais deux sans trois »...

— Quelle idée !...

Le capitaine ne fut pas maître de retenir un sourire.

— Vous êtes jeune... Vous ne croyez pas à la fatalité...

— Je le reconnais, monsieur le gouverneur.

Lorsqu'ils arrivèrent devant la cellule de Montorcy, ils eurent la satisfaction de constater que la porte était close...

— A moins d'un miracle, votre prisonnier est là...

— Est-il vivant ?... Voilà le point douteux...

— Assurez-vous en, monsieur le gouverneur...

Trois coups de pommeau furent frappés contre l'huis...

— Rien !...

— Quel sommeil !... C'est admirable !...

— Où inquiétant, capitaine..

— Comte de Montorcy ?... Répondez ?... Rien !...

Le pauvre gouverneur trembla comme une feuille agitée par la brise.

— Comte ?... Je vous en conjure ?... Venez, capitaine... Allons chercher les clefs...

« Je bénis la personne qui a placé le trousseau au « marteau » de la maison de Rose » — pensa Ruys...

Lorsque le gouverneur eut constaté la disparition de Montorcy, sa fureur ne connut plus de bornes. Il injuria les cadavres de l'exempt et du guichetier, fit donner l'alarme. La garnison du château explora les bâtiments depuis les cachots souterrains jusqu'aux cellules situées aux étages élevés.

Montorcy fut introuvable...

Le commandement de la garnison fut confié à un lieutenant. Le capitaine de Ruys, chargé d'une lettre par le gouverneur filait déjà à franc-étrier vers le Palais-Cardinal.

Dès son réveil, Richelieu prit connaissance du message...

« J'aurais dû faire étrangler ce Montorcy... La clémence ne me réussit pas » — pensa-t-il.

Son regard soupçonneux se fixa sur le visage du capitaine.

— Monsieur de Ruys, êtes-vous sûr d'avoir passé la nuit... toute la nuit au château ?

— Comment en serais-je sorti ? Eminence... Comment y serais-je rentré ?

— Répondez à ma question ? Peut-être répondrai-je ensuite aux vôtres.

L'officier, maître de ses nerfs ne tressaillit pas. Le Cardinal ne devina aucune de ses angoisses.

— J'ai passé la nuit au château, Eminence...

— Vous le jurez ?

— Je le jure, Eminence.

Richelieu appuya deux fois sur un timbre.

Un lieutenant aux gardes parut aussitôt.

— Monsieur de Crassac, veuillez envoyer un de vos gardes chez le lieutenant-criminel, monsieur de Laffemas...

— De suite, Monseigneur.

— ... Attendez !... Vous ferez également prévenir messieurs d'Embuscade et Chafouin.

— Le marquis et le capitaine Ignace viennent d'arriver au Palais... Ils attendent que Votre Eminence daigne les faire demander.

— A merveille !... Faites entrer ces Messieurs. Votre garde remettra cette lettre au lieutenant-criminel.

Crassac prit le parchemin sur lequel Richelieu venait de tracer quelques mots invitant son « fidèle » à venir sur le champ au Palais-Cardinal.

— Je ne vous retiens plus, monsieur de Crassac.

L'officier s'inclina et sortit...

Ruys attendait que le ministre daignât lui adresser la parole...

Le silence pesait à sa conscience troublée...

La plus acerbe des remontrances l'eut moins angoissé...

Le capitaine Ignace et d'Embuscade pénétrèrent dans le cabinet.

Ils saluèrent très bas...

— Monsieur d'Embuscade, veuillez me dire à nouveau ce que vous remarquâtes, il y a huit jours — huit nuits serait plus exact — non loin du château de Vincennes ?

— D'autant plus facilement, Monseigneur, que les faits sont restés gravés dans mon cerveau...

— Dites ?

— J'avais soupé chez Bouzu lorsque sonnât le couvre-feu... Je quittai le cabaret... La soirée me semblait délicieuse... Je dirigeai mes pas vers les grands arbres du bois sous lesquels je m'allongeai... Le sommeil s'empara de moi... Lorsque je m'éveillai, j'entendis l'horloge d'une église voisine sonner trois fois... Je me levai humide de rosée... Bien décidé à regagner Paris, je refis en sens inverse le chemin parcouru quelques heures auparavant... Je passai devant le cabaret de Bouzu où l'on dormait encore... J'allais arriver à la maison de Sifflay le marchand de chevaux, lorsque je vis une porte s'entr'ouvrir... Un officier aux gardes parut et referma cette porte... Je me dissimulai derrière une haie, l'officier passa près de moi sans me voir... Je sortis alors de ma cachette ; j'aperçus l'officier frapper au guichet de la Forteresse ;... puis en franchir le seuil...

Ruys se sentit perdu... Néanmoins il fit bonne contenance.

— Reconnaîtriez-vous cet officier ?

— Oui, Monseigneur...

— Si je vous ordonnais de le désigner ?

— Je répondrais : « Regardez-le ! Eminence. »

Le bras droit du marquis s'étendit vers Roland de Ruys.

— Voilà comment on rentre au château, capitaine qui avez manqué à votre devoir de soldat! — s'écria Richelieu.

— Monseigneur, je ne suis pour rien dans l'évasion du comte... Les portes du château étaient closes... Mes hommes pourront en témoigner...

Votre maîtresse est connue... Nous saurons, par cette femme, si vous m'avez menti ou non en affirmant ne pas avoir quitté le château cette nuit... Remettez votre épée au capitaine Ignace...

— Monseigneur...

— Obéissez, Monsieur... Jusqu'à nouvel ordre vous êtes prisonnier.

Roland tira l'épée du fourreau... Sans que l'on puisse s'opposer à son action il en souffleta d'Embuscade en disant :

— Lâche dénonciateur!... Tu es marqué...

Celui-ci poussa un cri de douleur et se rua sur le capitaine auquel Chafouin venait d'arracher son arme.

Richelieu appuya sur le timbre.

Crassac parut un instant après...

A la vue du groupe formé par Ruys, le marquis et Ignace, le lieutenant devina le drame...

Monsieur de Crassac, faites incarcérer Monsieur de Ruys dans une salle basse du palais... Deux de vos gardes veilleront à ce qu'il ne s'évade pas...

— Je réponds du prisonnier, Monseigneur...

— Sur votre tête, Monsieur de Crassac... Sur votre tête...

Le prisonnier sourit dédaigneusement...

— Votre Eminence peut être certaine que je ne chercherai pas à m'évader, ne fut-ce que pour sauver la tête de Monsieur de Crassac...

Il toisa fièrement les policiers... S'inclina devant le cardinal-duc, et quitta la pièce suivi de Crassac.

— Montorcy s'est évadé du château de Vincennes ... Je vous ordonne de l'y ramener mort ou vif...

— Nous obéirons, Monseigneur...

— ... Et nous réussirons...

— Prenez des chevaux dans mes écuries... Choisissez parmi mes gardes ceux que vous associerez à votre entreprise...

— Nous acceptons les meilleurs de vos chevaux, Monseigneur ; mais nous refusons le concours de vos gardes...

— Et s'il faut livrer bataille, capitaine Ignace ?

— Que Votre Eminence rédige un ordre nous donnant le droit de réquisitionner les chevaux et les soldats dont nous pourrons avoir besoin... C'est tout ce que nous demandons...

Richelieu écrivit l'ordre et tendit le parchemin au capitaine...

— Avez-vous de l'or ?

— Oui, Monseigneur... Nous « compterons » dès notre retour.

— Allez, Messieurs...

— A bientôt, Monseigneur...

Dans le vestibule ils rencontrèrent Laffemas qui se rendait auprès du premier-ministre.

Les trois terribles policiers se saluèrent silencieusement.

Moins d'une heure après avoir quitté le Palais-Cardinal, le capitaine et le marquis arrêtèrent leurs montures devant le cabaret de Bouzu...

— Quelqu'un !

— Cabaretier !...

Labranche accourut aussitôt.

— Que désirez-vous, mes capitaines ?

— Donne-nous du vin blanc...

— Sans descendre de vos magnifiques chevaux ?

— Oui, mon garçon... A moins, cependant... N'y a-t-il pas un maquignon dans le pays ?

— Maître Sifflay... Là !... derrière le jardin du cabaret.

— C'est différent !... Du moment qu'il y a un maquignon près d'ici, rien ne s'oppose à ce que tu donnes un picotin à nos chevaux...

— Ignace et d'Embuscade mirent pied à terre...

Florimond qui venait d'apparaître prit les bêtes par la bride et les conduisit sous un hangar...

Les policiers pénétrèrent dans le cabaret où le vin blanc attendait dans son pot de grès...

Vous mangerez bien une tranche de jambon, mes capitaines ? — demanda Bouzu, dont la face rubiconde respirait la santé...

— Avec plaisir...

— J'ai eu dernièrement l'honneur de vous servir à

souper, — dit le bonhomme qui venait de reconnaître d'Embuscade..,

— Vous avez bonne mémoire...

— Sapristi! mon gentilhomme si c'est une gifle donnée par votre maîtresse, on peut dire qu'elle n'y a pas été de main morte. Votre joue est cramoisie.

— Non! maître Bouzu,... C'est un baiser...

— Bigre!...

La marque, laissée par le plat de l'épée, apparaissait rougeâtre sur la joue soigneusement rasée du marquis.

— Est-ce un honnête homme que votre voisin Sifflay? — demanda le capitaine.

— Comme tous les maquignons... Faut pas s'y fier...

Bouzu fit une moue significative.

— Est-ce pour acheter ou pour vendre? — s'informa Denisette qui manquait rarement l'occasion de prendre la parole...

— Pour acheter des chevaux semblables aux nôtres... — déclara le marquis.

— Il ne vend que des rosses! — s'écria Denisette...

— Denisette... Denisette, tu exagères... — murmura Bouzu...

— C'est cela!... Soutenez-le à présent...

— Denisette, je t'en prie...

— Parce que sa femme est plus jeune que moi...

— Denisette, je t'affirme...

— Parlons-en de la Rose!... C'est du propre, la vie qu'elle mène...

— Denisette, tu vas commettre un jugement téméraire...

— Oui dà !... Une gourgandine qui profite de l'absence de son mari pour le tromper...

— As-tu tenu la lumière ?

— Non !... Mais j'ai parfaitement vu le joli capitaine Roland de Ruys sortir de chez elle ce matin vers trois heures...

— Tu as vu cela de *notre*... de ton lit veux-je dire ?

— Parfaitement !... J'ai vu cela quand je me suis levée pour ouvrir la fenêtre et donner de l'air dans *notre*... dans ma chambre.

Comme les policiers savaient maintenant à quoi s'en tenir sur l'emploi de la nuit du capitaine de Ruys, ils jugèrent inutile de prolonger leur séjour chez Bouzu.

— Du moment que Sifflay est une canaille nous ferons nos achats chez un autre maquignon. — déclara Ignace.

— Et vous ferez bien !... Aussi vrai que je m'appelle Denisette.

Ils réglèrent leur dépense et laissèrent une généreuse gratification pour les valets.

— Rentrons à Paris .. C'est là que nous trouverons le mot de l'énigme, — conseilla le capitaine.

— Allons toujours informer Son Eminence que cet arrogant de Ruys a passé une partie de la nuit chez la femme du maquignon...

— Vous êtes vengé, marquis...

— Le sang de cet enragé sera un baume pour guérir cette balafre, ami Chafouin...

Ordre de la Reine
M. LECOULTRE

XII

Sous les frondaisons du chêne où le roi Saint-Louis rendit la Justice, quatre cavaliers attendaient, anxieux.

Le bruit occasionné par des chevaux lancés au galop troubla le calme de la forêt...

— Ce sont nos gens.

— Dieu le veuille, Morliac...

Montorcy et ses sauveurs arrivèrent bientôt au lieu du rendez-vous.

Pendant que Jonas et Saturnin, qui avaient sauté de cheval, fixaient des éperons aux bottes du comte, celui-ci donnait l'accolade à Fontailles, Nangy, Sarras et Morliac ; puis il échangea son chapeau et son manteau contre le feutre de Saturnin et le long manteau de Jonas...

— Messieurs, — dit la duchesse, — nous allons retrouver le duc de Montmorency... En route !...

Les cinq gentilshommes et Marie des Chapelles s'élancèrent à la suite de l'énergique femme...

Saturnin et Jonas reprirent le chemin de Paris ; mais en ayant soin de ne pas traverser Vincennes.

Lorsque les fugitifs arrivèrent en vue de Melun cinq heures sonnaient aux horloges des clochers de la ville.

Ils arrêtèrent leurs chevaux devant un cabaret situé à une portée de mousquet de cette ville...

Dix lieues franchies d'une traite, et la fraîcheur de la nuit avaient aiguisé leur appétit...

Pendant que les valets d'écurie s'occupaient des montures, cavaliers et cavalières faisaient honneur à l'omelette au lard, au jambon froid et à la poularde confite dans une transparente gelée... Le tout fut copieusement arrosé de Bourgogne.

Les nobles dames et les gentilshommes remontèrent à cheval et se dirigèrent — sans entrer à Melun — vers la Bourgogne où étaient situés les domaines de Montorcy.

Ils chevauchèrent jusqu'à la nuit close. L'auberge dans laquelle ils passèrent quelques heures manquait de lits pour autant de personnes...

La duchesse et sa filleule couchèrent ensemble... Montorcy occupa le second lit. Cette rude journée lui avait été particulièrement pénible après un repos de sept années...

A l'aube un modeste repas fut servi...

Les chevaux reposés et abondamment nourris piaffaient en attendant leurs maîtres.

Ils arrivèrent à la nuit close sur la lisière de la Bourgogne où se trouvait le château de Montorcy — plus de trente lieues avaient été franchies depuis le départ de Vincennes.

Nul bruit, autre que celui des chiens qui aboyaient furieusement, ne troublait la campagne endormie.

Le comte guida ses compagnons...

Ils prirent un sentier qui longeait le château dont

les douves pleines d'eau servaient de domaine à des grenouilles coassantes...

— C'est ici ! — dit Montorcy en mettant pied à terre...

Il s'avança vers un épais rideau de lierre qui masquait une étroite porte.

Trois fois, il leva et laissa retomber un lourd marteau de fer forgé représentant une tête de sanglier...

De joyeux aboiements retentirent...

Ils allaient se rapprochant...

— Diane !... Pluton !... Hercule !... — cria Montorcy.

Les aboiements augmentèrent...

Une clef fut tournée dans la serrure... La porte ouverte livra passage à trois chiens qui s'élancèrent vers le comte et lui léchèrent les mains ; puis vint un homme de haute taille porteur d'un falot.

— Monsieur le comte ! — s'écria-t-il, — Dieu soit loué !...

Il se jeta aux genoux du gentilhomme.

— Relève-toi, mon brave Nicot, et livre-nous passage... Il faut que notre présence reste ignorée de tous...

— Que vos amis descendent de cheval, Monsieur le comte, et franchissent cette porte... Je savais bien que vous reviendriez, mon bon maître...

La chienne et les chiens sautaient joyeusement, allant de Montorcy aux autres personnages...

— La paix !... — cria Nicot.

Les obéissantes bêtes cessèrent leurs joyeux ébats et vinrent se placer derrière leur maître.

— Tu vas nous mener aux écuries souterraines, — ordonna le comte...

— C'est donc vrai que le cardinal et le roi vous en veulent, mon cher maître ?...

— Quel est le personnage qui t'a si bien informé ?

— C'est un homme vêtu de noir qui, une fois l'an, vient toucher le montant de vos fermages, et me donne un reçu signé...

— De quel nom ?

— Laffemas, lieutenant-criminel, juge au tribunal secret.

Le comte sourit...

— Richelieu fait gérer mes biens, — dit-il en se tournant vers la duchesse.

— Pour qu'ils soient en bon état le jour où il lui conviendra de se les approprier, comte.

Les hôtes de Montorcy passèrent une excellente nuit...

Edme Nicot assisté de ses beaux-frères, Thomas et Sylvain Chaillet avaient, le mousquet à portée de la main, veillé à la sûreté de tous.

Lorsque le premier repas réunit les sept personnages dans la vaste salle à manger, il fut convenu que si les espions du cardinal éventaient cette retraite momentanée, on quitterait le château par les souterrains qui aboutissent à des refuges connus des gens du pays.

Le père Claude Nicot et Sylvain Chaillet, qui avaient entendu les projets du comte et de ses amis, se firent fort de conduire la petite troupe jusque dans le Lyonnais, sans que les poursuivants ne puissent s'y opposer. .

— Mesdames et vous, chers amis, — dit Numa de Sarras, — je propose de tout disposer comme si nous allions être attaqués... Le départ de Mme la duchesse et de Mlle des Chapelles ne doit plus être un secret pour Richelieu... Notre absence a dû être également dénoncée... Des troupes sont à notre poursuite... Grâce aux renseignements que fourniront les aubergistes, nos ennemis ne manqueront pas de nous joindre...

Les paroles du sage gentilhomme furent unanimement approuvées...

— Devons-nous fuir ?... Devons-nous tenir tête à l'ennemi ? — demanda le comte...

— Messieurs, — dit la duchesse, — je dois, quoiqu'il advienne, me rendre auprès du duc de Montmorency... Ordre de la reine...

Montorcy, dont le visage s'éclaira d'un sourire, dit lentement :

— Madame la duchesse de Chevreuse, il faut obéir à l'ordre de Sa Majesté... Vous allez, ainsi que Mademoiselle des Chapelles et nos nobles amis, vous engager dans les défilés qui vous permettront de gagner le Lyonnais ; puis de dépister les gens du cardinal... Moi, je resterai ici pour les recevoir...

La duchesse, la jeune comtesse et les gentilshommes se récrièrent :

— C'est la mort!!!!

— La torture!...

— C'est impossible!

— Il faut que Mme de Chevreuse obéisse à la reine... Il ne s'agit plus aujourd'hui — pour moi — de vivre pour Sa Majesté... Il faut mourir pour Elle... Et je suis prêt...

— Soit! — dit la Belle Conspiratrice — la reine sera instruite de votre dévouement... Adieu, comte de Montorcy, que Dieu vous garde... Venez, Messieurs... Venez, comtesse des Chapelles...

Les larmes inondaient les visages... Seul Montorcy ne pleurait pas...

Des sacs remplis de provisions furent placés sur les chevaux.

Le comte Pierre donna l'accolade à ses amis et aux nobles dames; puis, guidée par Sylvain Chaillet et Claude Nicot, la troupe disparut à travers les méandres du souterrain...

— Pourquoi restez-vous, maître? — demanda Edme Nicot.

— Afin que les braves gens qui m'ont délivré ne tombent pas victimes de leur dévouement... Il faut, sans perdre une minute, que des sacs de poudre et de balles soient placés dans la chapelle...

— Vous n'allez pas vous battre seul contre les soldats du cardinal?

— Obéis... Ne prononce plus un mot...

— C'est bien, Monsieur le comte..., j'obéirai... La

poudre est en réserve dans la sacristie... Cette pièce étant très sèche, j'en ai fait le grenier aux munitions... Les balles et les mèches soufrées y sont également... Je vais aller chercher vos mousquets...

— Va !...

Edme sanglotait...

— Embrasse-moi, frère... — dit le comte...

Le paysan se précipita dans les bras du gentilhomme.

Ils se tinrent étroitement...

— Va ! maintenant.

Edme quitta la chapelle...

Pierre s'agenouilla au pied de l'autel où se trouvait la dalle armoriée sous laquelle ses aïeux dormaient l'éternel sommeil...

Lorsque sa prière fut terminée, il se rendit dans le parc et se promena en songeant à la reine... « Anne saura que je suis mort pour Elle... »

Sa méditation fut interrompue par Thomas Chaillet qui accourait essoufflé...

— Monsieur... le... comte... Monsieur...

— Qu'y a-t-il ?

— Une troupe de cavaliers s'avance par l'avenue du château...

Toute la famille Nicot — moins le père François — accourut affolée.

— Retournez à votre besogne — ordonna le comte...

— Mais si les soldats veulent entrer ?

— Tu leur ouvriras, mère Nicot...

— S'ils demandent après Monsieur le comte ?

— Tu leur répondras que je suis dans la chapelle en compagnie de plusieurs de mes amis, ma belle Françoise... Maintenant : Adieu !...

Montorcy s'élança vers la chapelle où il pénétra...

Les chiens hurlèrent « à la Mort ».

Quelques instants après, le capitaine Ignace et ses cavaliers se présentèrent à la grille du château.

— Hola !... Quelqu'un !...

Georgette Nicot accourut...

— Que voulez-vous, mes cavaliers ?

— Service du Roi ! — dit Chafouin. — Le comte de Montorcy, ton maître, est ici ?

— Bien sûr !... puisque c'est son château...

— Ouvre-nous la grille...

— Tout de suite...

« Cette jolie femme est idiote de dénoncer ainsi la présence du comte » — pensa le capitaine.

La mère Nicot vint prêter main forte à sa bru...

La grille fut ouverte...

— Où est le comte ?...

— Dans la chapelle...

— ... avec ses amis, — répondirent les deux femmes...

— Allez, Messieurs, — commanda Ignace...

Les cavaliers s'élancèrent à travers les allées du parc et arrivèrent devant la chapelle dont la porte était close... Quant aux fenêtres, elles étaient murées depuis plusieurs années.

les Envoyés du Cardinal

— Comte de Montorcy !... Par ordre du roi !... Rendez votre épée...

— Venez la prendre !...

Cette fière réponse alluma la colère du capitaine...

— Mesdames de Chevreuse et des Chapelles auront la vie sauve, si elles quittent à l'instant cette église...

— La duchesse et Mlle des Chapelles ne se soumettront pas...

— Messieurs de Fontailles, de Nangy, de Sarras, de Morliac... Au nom du Roi !... Rendez-vous...

— Mes amis vont vous répondre, — dit Pierre de Montorcy...

Une détonation déchira l'air... Un flocon de fumée apparut à l'une des lucarnes de la chapelle...

Le capitaine Ignace Chafouin étendit les bras en croix, tomba à la renverse sur la croupe de son cheval ; puis, vidant les étriers, il roula sur le sol...

Vingt cris de colère sortirent d'entre les lèvres des cavaliers...

— Bataille !... Bataille !...

Ces clameurs jetèrent l'épouvante parmi les Nicot qui se réfugièrent dans les caves de la princière demeure.

La terre buvait lentement le sang de l'officier.

Une nouvelle arquebusade blessa un cavalier...

— Enfonçons la porte ! — hurlèrent ses camarades...

De nouveaux coups de feux firent de nouvelles victimes...

Les assaillants se réfugièrent sur les côtés de la

chapelle où ne donnaient pas les lucarnes converties en meurtrières.

Ils tinrent conseil.

Un cavalier, que sa haute et mince taille avait fait surnommer Javelot, conseilla d'enfoncer la porte en se servant d'un des arbres abattus qui gisaient sur le sol...

— En opérant vite, nous ne perdrons pas beaucoup de monde, — ajouta-t-il.

L'arbre fut enlevé par les bras vigoureux de quinze soldats et transporté devant la porte de la chapelle.

Javelot commanda :

— Un !... deux !... trois !...

Une arquebusade retentit... Un homme tomba ; mais le « bélier » porta si brutalement contre le panneau que celui-ci fut ébranlé...

Une seconde poussée ;... puis une troisième firent voler la porte en éclats.

Les envoyés du cardinal poussèrent une exclamation de triomphe...

L'épée au poing, ils se précipitèrent...

La chapelle était déserte.

La déconvenue des assiégeants terrible.

— Où se cachent-ils ?

— A mort !!!

— Enfumons-les !!! — clamèrent les forcenés.

Une effroyable détonation retentit... La muraille de la sacristie fut éventrée par une formidable poussée d'air, de feu et de mitraille... Les colonnes qui supportaient la voûte cédèrent... La lourde masse de pierre s'effondra sur les rares survivants...

Les chevaux attachés aux arbres brisèrent leurs entraves et s'enfuirent affolés.

L'incendie se propagea...

Le parc et les bâtiments du château ne formèrent bientôt plus qu'un immense brasier.

Le comte Pierre de Montorcy était mort pour la Reine.

Courbevoie. Imp. E. Bernard et Cie, 14, rue de la Station.

Les Sept Péchés Capitaux

Publication très soignée o o o o o o o o o
o o o o o o Format grand in-8 colombier
Écrite par nos poètes joyeux et illustrée par nos meilleurs artistes

Volumes parus :

LA LUXURE
Texte par Armand SILVESTRE.
Illustrations de LE RIVEREND

L'ENVIE
Texte de A. SEGARD
Illustrations de Paul MERWART

LA COLÈRE
Texte de X. de RICARD
Illustrations de L. VERLEYE

LA GOURMANDISE
Texte de B. MARCEL
Illustrations de Ch. LAPIERRE

LA PARESSE
Texte de Victor NADAL
Illustrations de A. DOUHIN

En préparation :

L'ORGUEIL — L'AVARICE

Prix de chaque volume avec couverture illustrée en couleurs
o o o o PRIX : 5 FRANCS o o o o

ALLONGÉ

OFFICIER D'ACADÉMIE

Cours de Paysage au Fusain

Gradué en 25 leçons.

o o o o **Extrait de la Préface** o o o o

Le fusain est le moyen le plus simple de rendre la nature et en même temps le plus apte à en exprimer tous les effets, depuis les tons puissants du soir jusqu'aux fraîcheurs vaporeuses du matin. Sa légèreté fait vibrer les ciels et passer à travers les arbres l'air avec la lumière ; la finesse de sa trace donne à l'eau la mobilité et la transparence nécessaires pour qu'elles puissent se rider sous la brise et refléter toute la silhouette d'un paysage.

Il n'y a pas jusqu'à sa facilité d'exécution qui ne soit précieuse par l'avantage qu'elle procure aisément d'établir les fonds et de donner aux premiers plans leur netteté, leur charme et leur vigueur. Le sentiment des effets s'acquiert et s'augmente sans peine, et avec lui diminue ou disparaît la cause principale de la paresse qu'on éprouve à les rendre. L'amateur est ainsi amené directement à un résultat qu'il ne peut atteindre avec la mine de plomb, je veux dire à la peinture.

Le fusain est un des meilleurs moyens pour exprimer avec fidélité les valeurs, qui sont la base du progrès de toute l'école moderne ; pour tout dire, en un mot, c'est la couleur elle-même. Nous voilà bien loin des critiques de tout à l'heure.

DÉSIGNATION DES PLANCHES

1. Terrains et Eaux.
2. Prairies Inondées.
3. Sur la Falaise.
4. Etudes de Ciel.
5. La Mer.
6. Le Soir dans la Campagne.
7. Les Peupliers.
8. Coin de Ferme.
9. Marée Basse.
10. Les Roseaux.
11. La Rivière.
12. Etude de Fonds.
13. Plantes près de l'Eau.
14. Etude du Chardon.
15. Une rue de Village.
16. La Route.
17. Un Etang.
18. Le Torrent.
19. Etudes de Bouleaux.
20. Les Saules.
21. Le Hêtre.
22. Le Chêne.
23. Effet de Neige.
24. Le Soir.
25. Une Cascade.

L'ensemble de cet ouvrage comprend 25 planches de 30 — 40 renfermées dans un carton, dont nous donnons ci-dessus la nomenclature, avec texte descriptif pour la partie didactique.

PRIX : **25** FRANCS.

Études de Paysages au Fusain

Reproductions en Fac-Similé

DE

Allongé, Lalanne, Appian, Smith

ALLONGÉ

N° 1. Une source près Avallon. — N° 2. La Seine à Melun. — N° 3. Ravin. — N° 4. Allée dans un parc. — N° 5. Effet de soleil sous bois. — N° 6. Route près Avallon. — N° 7. Route de Crosne. — Nos 8 et 9. Panneaux décoratifs. — N° 10. A Barbizon. — N° 11. En Bretagne. — N° 12. Pommiers et Sureaux en fleurs. — N° 13. Les Saules. — N° 14. La Ferme. — N° 15. Chardons.

LALANNE

N° 1. Vue de Concarneau. — N° 2. Ruines. — N° 3. Pied de Tabac. — N° 4. La Tour. — N° 5. Le Pont. — N° 6. Effets de Neige.

APPIAN

N° 1. Bateaux au Port. — N° 2. Soir d'Automne. — N° 3. Lisière d'un bois. — N° 4. Route de Gênes. — N° 5. Mare aux Canards. — N° 6. Lac d'Arandou.

SMITH

10 Paysages et Vues diverses.

PRIX DE CHAQUE PLANCHE :

Grand format : **3 fr.** — 1/2 format : **2 fr.** — Petit format : **1 fr.**

E. BERNARD ET Cie — PARIS

MANUEL
DE
L'AMATEUR DE TIMBRES

PAR

Le Docteur A. LEGRAND

(Dr MAGNUS)

Liliuokalani

Un volume in-8 de 396 pages avec nombreuses figures. Prix : **4** fr. **50**

Les Vraies Dentelles

Par Ant. CARLIER

UN VOLUME DE 120 PAGES o o o o o o
o o ORNÉ DE 15 BELLES PLANCHES HORS TEXTE
d'après les tableaux originaux des musées du Louvre,
de Versailles, de Haarlem et de Bruxelles.

PRIX 5 FR.

NOS PEINTRES

Peints par Eux-mêmes

Par M. **de BÉLINA**

1 volume de 540 pages et 150 Portraits. Prix : **10** fr.

Ornement Industriel Japonais

PREMIÈRE PARTIE

comprenant 60 planches de différentes couleurs.

Format oblong 20/28. Prix en carton : **12** fr. **50**

DEUXIÈME PARTIE

comprenant 40 planches de différentes couleurs

Format oblong 32/48. Prix en carton : **12** fr. **50**

LES
GRANDES GUERRES CIVILES
du Japon

Par **L.-E. BERTIN**

DIRECTEUR DES CONSTRUCTIONS NAVALES

Les Minamoto et les Taïra,
Les Mikados et les Siogouns (1156-1392),

précédé d'une introduction sur l'histoire ancienne et les légendes.

Un volume grand in-8 de 422 pages avec de nombreuses illustrations. *Prix :* **12** *francs.*

Principe Universel TRÉMAUX
du Mouvement et de la Vie

ou de la loi qui régit l'univers (astres et molécules) et la matière organique.

Ce livre est appelé à révolutionner toutes nos idées scientifiques actuelles, il explique tous les principaux phénomènes de la nature jusqu'alors inexpliqués et révèle des lois et des forces inconnues qui sont appelées à donner à l'homme le plus haut degré de puissance et de bien être. C'est actuellement l'ouvrage scientifique le plus important du sciècle.

Un volume in-8 de 368 pages. — Prix : **7 fr. 50**

2e Édition

Revue et considérablement augmentée.

L'ART DE LA CUISINE
Par CH. CHEMIN

En consultant cet ouvrage, chacun sera à son aise pour préparer un mets quelconque.

La cuisine est un art, et pour être artiste culinaire, il faut être intelligent, économe, avoir beaucoup de goût et de propreté.

Donc, rehaussons notre prestige en faisant beau et bon ; avec cette devise nous aurons toujours l'estime des gourmets et nous saurons faire admirer notre talent.

Un volume de 2[illegible]6 pages. — Prix : **20 fr.**

Imprimerie E. BERNARD et Cie

Courbevoie. — Imprimerie E. Bernard et Cie.

www.ingramcontent.com/pod-product-compliance
Ingram Content Group UK Ltd.
Pitfield, Milton Keynes, MK11 3LW, UK
UKHW031903260826
14628UKWH00002B/968

9 782019 959319